TAKE
SHOBO

仔猫な花嫁は我慢しない

公爵閣下の溺愛教育

クレイン

Illustration
すがはらりゅう

contents

イラスト／すがはらりゅう

仔猫な花嫁は我慢しない

公爵閣下の溺愛教育

プロローグ　そうだ。離婚をしよう

「仕方がないのよ」

それがエステファニアの母の口癖だった。

「お父様は責任あるお仕事をされていらっしゃるのだから」

儚げな美貌そのまま、とても気弱な人だった。

愚かなほどに優しく、痛々しいほど他者を気遣う、善良な人だった。

本来なら、誰よりも幸せになれるはずの人だった。


――彼女の手を取ったのが、このエルサリデ王国の王でなければ。


王妃にはなり得ない、貧しい男爵家の末娘。

侍女として働いていた王宮で、一回り年下の王から見初められて、その手のうちに囚われた。

そして、愛する男の望むまま、母は王の愛妾となった。

この国では、信仰されている宗教上、妻を複数持つことは許されない。

また、結婚の誓いを破り離縁をすることも、条件が厳しく難しい。

神は夫婦の貞節を重んじる。たとえそれが一国の王であっても。

よって、生まれが卑しくこの国に何一つとして利益をもたらさぬ女に、たった一つしかない貴重な王妃の座を渡すわけにはいかなかった。

そして気弱な母に、王からの寵愛を盾にして王妃の地位を求めるような芸当が、できるはずもなく。

結局は周囲に求められるまま、日陰の身になるしかなかった。

やがて王の子を孕んだが、その立場は変わらぬまま。

どれほど愛されようと、正式な妻にはなれず、周囲には妾と侮られ、貶められる。

神の教えは国民の心に根深く染みついており、妾などになるような貞操観念の低い女に対する、周囲の風当たりは強かった。

そして信心深い生家の男爵家からも、そんなふしだらな娘は家の恥だと縁を切られ、行き場をなくした母は、やがて生まれた娘のエステファニアとともに、与えられた王宮の片隅にある一室で、ただ王の訪れを待って静かに暮らすようになった。

もともと体も強くなかった母は、そんな日々に緩やかに病んでいき、その命を削っていった。

もし母が、愛を利用することを厭わぬ強かな人物であったのなら。

自らの栄華を望む、野心的な人物であったのなら。

きっと、この国の歴史そのものが変わっていただろう。

だが、母は周囲の都合と言葉に従い、望まれるまま、己の身の程を弁えることを選んだ。

我儘を言ってはなりません。迷惑をかけてはなりません。分を弁え、目立つような言動はしてはなりません。絶対に、絶対に、陛下の、お父様の負担になってはいけませんよ。


――私たちは、本来、あってはならぬものなのだから。


自らに言い聞かせるように、母は何度もそう娘のエステファニアにも言い聞かせた。

そして、どれほど過酷な状況に置かれても、その言葉通りに、王であるエステファニアの父に、縋ろうとはしなかった。

神の教えに従い、信心深い母は、己の存在を軽んじ続けたのだ。

やがて王は、隣国アルムニア帝国の皇女を王妃として娶り、母の立場は更に失われた。

大国の皇女である王妃に配慮したのか、父の訪いは大幅に減り、周囲の者たちも気性の激しい王妃の悋気（りんき）を恐れ、エステファニアたち母娘から距離を置いた。

それでなくとも華奢（きゃしゃ）な母は、さらに細く、儚げになっていった。

それでも母は健気（けなげ）に父を待ち続け、ひたすら耐え続けた。それこそ、死ぬまで。

母に従い、エステファニアも我慢した。襲いかかる多くの苦難を、受け入れがたい理不尽を、歯を食いしばりながらも、耐えた。

いつか、この我慢がきっと報われると信じて。――だが。

「やってられないわよ！」

自分の部屋へと戻ってきたエステファニアは、憤（いきどお）りのまま怒鳴った。

もう我慢の限界であった。

呪いのように毎日繰り返された母の教えは、ただ、男の望むまま都合の良い存在に成り下がるだけのものであったように思う。

そう、現実はいつだって残酷だ。努力は報われない。忍耐は報われない。

都合の良い存在であった母が、やがては父に都合良く顧みられなくなり、結局何一つ報われることなく惨めに死んでしまったように。

だからこそエステファニアは母のようにはなるまい、とずっと思っていた。誓っていた。

自分の人生は、自分のものだ。たった一度しかない、かけがえのないものだ。

それを、他人の都合で好き勝手に消費されてたまるか、と。――それなのに。

（本当に、馬鹿だわ、私は）

これ以上の我慢も努力も、するだけ無駄だとエステファニアは判断した。


「……そう。離婚をするのよ、エステファニア。それしかないわ」


自分に言い聞かせるようにそう言うと、猛然と立ち上がり、大きな旅行鞄を取り出し、さっさと荷造りを始める。

そして、荷物を詰め終えた鞄を衣装室へ隠した後、書庫に向かい、法律、宗教、地理、歴史の本を漁る。この国で、離婚をするのは難しい。相当の理由がなければ認められない。

だがそれでも、何かがあるはずだ。この結婚を破棄する方法が。隠された抜け道が。

この城の蔵書量は膨大だ。探せばきっと見つかるに違いない。

書庫に一日こもり続け、エステファニアはとうとう求める答えを見つけた。

（これならなんとかなりそう）

自分の人生を、選ぶのは、自分だ。――だから。

エステファニアは、腰に手を当て高らかに笑って言った。

「さあ、待っていなさい旦那様！　引導を渡してさしあげるわ！」

こうして、元エルサリデ王国第一王女、現ファリアス公爵夫人エステファニアは、離婚を決意したのである。

第一章　不幸体質な王女

その日、エステファニアは春の冷たい雨に打たれていた。

体に合わぬ流行外れのドレスは、水を吸って酷く重い。

冷え切った体を少しでも温めるようにしゃがみこんで、厚い雲に覆われた灰色の空を見上げる。

ひどくお腹が空いていて、胃がきゅうっと締め付けられる感覚が止まない。

（失敗したわ……）

この王宮では驚くべきことに、王女であるはずのエステファニアに食事が用意されない。

故に、空腹になれば、義理の母である王妃に供された食事の残飯を、こっそりくすねるのが彼女の日課だ。

もともとは捨てられるだけの物であり、さらに王妃の食べ残しとあれば、すべて厳格な毒見済みで安全性が高いだろうという判断からである。

情けないとは思うが、生き抜くためには仕方がないことだ。恥じらいで腹は膨れない。

よって今日もいつものように、王妃の昼食の片付けを終えた配膳ワゴンを狙い、エステファニアが王宮の中庭をすばやく突っ切ったところで、突然、強い雨が降ってきたのだ。

慌てて雨を避けようと大きな薔薇（ばら）のアーチの陰に隠れたのだが、雨足は強く、薔薇の枝や葉のすき間を貫き、エステファニアの小さく薄い体を容赦なく叩（たた）いた。

「きゃあっ！」

近くで突然激しく雷鳴が轟（とどろ）き、エステファニアは思わず小さな悲鳴をあげてしまう。

そして、寒さと飢えと恐怖にガタガタと震える体を、堪えるようにぎゅっと自らの両腕で抱きしめた。

（……私、このまま死ぬのかしら）

冷えた雨に打たれ、どんどん奪われていく体温に、ふと、そんなことを思った。

――それはそれで、良いかもしれない。

幼い少女の目にあるのは、年齢にそぐわぬ諦念だ。

きっと今ここでエステファニアが死んだとしても、誰も悲しんだりしない。むしろ義母である王妃にはさぞかし喜ばれることだろう。これで目障りな存在が一つ片付いたと。

エステファニアは自分の死後の世界を想像し、虚（むな）しさと絶望に襲われる。

誰からも必要とされていないことが、寂しくてたまらない。誰にも惜しまれないことが、苦しくてたまらない。

――自分の存在の軽さが、悲しくてたまらない。

（寂しい寂しい寂しい寂しい……）

エステファニアの頬を、雨とともに次々と涙がこぼれ落ちた。

『――私の可愛い娘』

だが、何もかもを投げ出しそうになると、二年前に亡くなった母の優しい眼差しと声が蘇る。

王太子の誕生に沸く王宮の片隅で、娘とやる気のない典医にだけ看取られて、寂しくこの世を去った母。

『どうか、幸せになって』

母は毎日のようにエステファニアを抱き締めては、そう言ってくれた。

その言葉を思い出すと、生を諦めかけた自分に抗議するように、心臓がずきりと痛んだ。

この世界で唯一、自分を必要としてくれていた人。そして愛してくれていた人。

父は、母には執着していたようだが、残念ながら、その娘には関心がなかった。

それは母が亡くなった後、さらに顕著なものになった。

父であるはずの王ですら興味を示さぬ利用価値のない妾腹の王女など、誰も見向きもしない。

その上、母の死とともに、母の実姉でもあったエステファニアの乳母も王妃によって王宮から追い出され、二度と王宮に上がらぬよう厳命された。

おそらく王妃は、夫がかつて愛した妾の血縁の女を、一人足りとも夫のそばに残しておきたくなかったのだろう。

別れ際に泣きながら自分を心配し、抱きしめてくれた、乳母の温もりが忘れられない。

それ以後、彼女の代わりにエステファニアの世話をする者は充てがわれることはなく、エステファニアはこの王宮で一人ぼっちになってしまった。

母の死とともに、何もかも失ってしまった。

――だが、それでも。

（……生きなくちゃ）

自分は、母がこの世に残した、唯一のものだ。

自分までもが死んだら、哀れな母の、この世に生きた意味がなくなってしまう気がした。

たとえ今は、誰もエステファニアという存在を必要としてくれなくとも。

（自分くらいは、自分を惜しんでやらなきゃ……！）

エステファニアは何が何でも生き延びてやると誓いを新たにし、歯を食いしばる。

そして、萎えた足を叱咤して立ち上がろうとした。――その時。

「……そこにいるのは誰だい？」

少々間延びした、けれど低く良く響く声が、雨音に紛れて聞こえた。

どうやら、男性の声だ。エステファニアは驚いて目を瞬かせる。

ここは王宮の最奥。薔薇の宮と呼ばれる王の妻子の生活の場だ。本来、王である父以外の男性は、入り込むことが許されない禁域のはずである。

だがその声は、エステファニアが辛うじて覚えている、遠い記憶の父の声とも違うように思えた。

そもそも父は、王妃との間に王太子が生まれ、エステファニアの母が亡くなった後は、役目は終わったとばかりに、ほとんどこの場所に足を運ばなくなってしまったのだから。

そのことも、王妃がエステファニアに辛くあたる原因の一つなのだが。

自分へ近づいてくる男が、もし王妃の手のものであるのなら、自分はとうとう殺されるのかもしれない。エステファニアは、震え上がった。

逃げなければ、と素早く立ち上がり、走りだそうとしたところで、地面のぬかるみに足を取られ転倒する。

サイズの合わない小さな靴を、踵を踏んで無理に履いていたことがあだになった。

なんとか手のひらを地面につくことができ、地面に体を打ち付けることはなかったが、ドレスも髪も泥まみれになる。だが今はそんなことに構っている場合ではない。

土を掻くようにして上半身を起こし、必死で顔を上げた。すると目の前に男性の靴が見えた。

（——ああ、殺される）

エステファニアは、恐怖で立ち上がることができず、ただ呆然と男の靴を見ていた。

その靴は獣脂で磨き上げられているのだろう。この雨の中でも水を弾き、さほど汚れていない。一目見ただけで、上質の皮を使い丁寧に作られた、最高級の品であることがわかる。

（はたして暗殺者が、こんなぴかぴかな靴を履くかしら？）

そう思ったエステファニアは、靴の持ち主を恐る恐る見上げた。その男は身長が高く、エステファニアは随分と顔を上げなければならなかった。

そして見上げた先にあったのは、驚くほどに美しい、整った顔。

（——死神？）

かつて、母が教えてくれた。悪魔や死神は、人を惑わすために、とても美しい姿をしているのだと。——そう、きっと目の前の男のように。

（私を迎えに来たのかしら？）

思わずそんな非現実的なことを考えてしまうほど、男は美しかった。

非の打ち所のない造形。雨にぬれても艶を失わぬ銀の髪。そして、まるで晴天の空のような明るい薄青の瞳。全体的に色素が薄いからか、存在に現実味が乏しい。

そして、その目に映るのは、驚きのあまり口も目も開いたままの、間抜けな己の姿だった。

エステファニアを助け起こそうとしたのか、男の手が伸ばされ、彼女の腕に触れる。

その温かさに、彼が生きた人間であると気付いたエステファニアの行動は早かった。

「――――痛っ‼」

瞬間的に自由な方の手で、男の手の甲を思い切り引っ掻く。

そして、痛みに緩んだ男の手から腕を取り戻すと、脱兎のごとく逃げ出した。

「待って！」

背後から男が制止の声を上げるが、エステファニアは止まらない。靴を脱ぎ捨て、裸足で濡れた地面を必死で走る。

（殺されて、たまるか）

だが、冷えと飢えで衰えた少女の脚で、成人男性の脚から逃げ切ることなどできるはずがなく。やがては壁際に追い詰められ、逃げ場を失ってしまった。

なけなしの体力が尽きて体を支えきれず、泥のしぶきを上げてその場に頽れる。それでも簡単に殺されてたまるかと、エステファニアは肩で息をしながら、目の前の男を睨みつけた。

「……へえ。女の子ってこんなに速く走れるんだね。知らなかった」

彼女を追い詰めた男は、心底驚いたようにそんなことを言って、それから楽しそうに笑った。

その瞬間、エステファニアの心に湧き上がったのは、羞恥だった。

男が讃えてくれたその俊敏な脚を、彼の目の前に晒け出していたことに気づいたのだ。

背筋を伸ばして、地面に座ると、必死に短いドレスの裾を手で引っ張り、むき出しになっていた脚を隠した。

淑女たるもの、本来家族でも夫でもない異性に脚を見せるのは、はしたないとされている。

なんせこの国の神は、やたらと貞節にうるさいのだ。

だが、二年前から着続けている擦れたドレスではとても丈が足りず、エステファニアの細いふくらはぎを隠し切ることはできなかった。

怯えるようにそっと男を窺い見れば、彼もまたエステファニアを見ていたのだろう。ばっちり目が合ってしまう。

こんな風にしっかりと他人と目を合わせるのも、どれくらいぶりだろうか。

王宮女官たちは、エステファニアと一切目を合わせようとはしない。もちろん話もしない。

王妃からの指示で、彼女たちは徹底的にエステファニアを存在しないものとして扱っていた。

「……おまえには、わたくしが、みえるのね」

他人から存在を認識されたのは久しぶりだ。だからこそエステファニアは思わずそうこぼしてしまった。口から言葉を発したのもまた久しぶりだ。故にひどく辿々しく、そして幼く響く。

長年存在を無視され続けていたためか、他人の目には自分の姿が映らないような、そんな錯覚に陥っていたのだ。

おそらくその言葉で、エステファニアは己という個を見失いかけていた。

その表情から鑑みるに、どうやら彼は王妃の手の者ではなさそうだ。エステファニアは密かに胸を撫で下ろす。自分を見つめる彼の目には、蔑む色がない。

そこにはただ、力無き弱いものへの、労りがあった。

憐れまれている、とエステファニアは思った。『可哀想な存在』であると、そう自分は彼から憐れまれているのだと。

そう認識した瞬間、エステファニアは目の前の彼に、自分の置かれた状況をぶちまけて、縋りたくなる衝動に駆られた。

それは、誰でも良いから自分をこの地獄から掬い上げて、助けてほしいという切実な願いだった。それほどまでに、エステファニアは追い詰められていた。悪魔にだろうが死神にだろうが、魂を売ってしまいそうなほどに。

だがその一方で、他人に憐れまれることを望み喜ぶ、浅ましい自分へ怒りが湧き上がった。

（……何をしているの、私は）

大体エステファニアを助けようとしたことが王妃に知られたら、この男がどんな目にあわされるか、わかったものではない。

彼を巻き込むわけにはいかないと、弱い己を叱咤すると、エステファニアは大きく息を吐き、逸（はや）る心臓を落ち着かせる。

自分はこの国の王女のはずだった。正しき婚姻のもとで生まれた子供ではなかったとしても。食事も衣装も与えられず、飢えてみすぼらしい姿を晒（さら）していたとしても。

それでも間違いなく父に、この国の王に、娘であると認められている存在だった。

忌々しいことだが、今となってはそれだけが自分の縋ることのできる唯一のものだ。

自分に残されたものは、この王女としての矜持（きょうじ）のみ。それを容易（たやす）く手放すことなどできない。

（――顔を上げなさい。胸を張りなさい。私に恥じることなど、何もない）

そう自分に言い聞かせたエステファニアは、一度ぎゅっと唇を噛（か）み締めてから、顔を上げ、しゃんと背筋を伸ばす。

そして淑女として完璧な所作で、父によく似た菫色（すみれいろ）の目を、男の目にひたりと合わせた。

男はそんなエステファニアの姿に、ほう、と感嘆の息を吐く。

「お前は、何者です？　ここがどこか、わかっているのですか？」

ぴしゃりと問えば、男はどこか困ったように、水の滴る銀の前髪を手でかきあげた。

男の端正な顔がさらに露わになり、その美しさにエステファニアは思わず言葉を失い、見惚れてしまう。

「……エステファニア王女殿下でいらっしゃいますね。お目にかかれて光栄です。僕はファリアス公爵家当主、アルバラートと申します」

そして、服が汚れることも構わず、流れるように膝を折り、エステファニアの前に恭しく跪いた。それは主君に対する完璧な臣下の礼だった。

突如として目線が同じ高さになり、エステファニアは動揺する。

彼のその理知的な、空色の目に囚われる。

どうやらアルバラートと言う名のその男は、エステファニアのことを知っているらしい。

「雨でお体が冷えていらっしゃるでしょう？　どうかこの僕に、あなたの足となり、部屋までお送りする名誉をいただけませんか？」

アルバラートは少し垂れ気味のその目元を柔和に細め、エステファニアに笑いかけた。

どうやら泥と雨で濡れ、寒さに震えるエステファニアを助けてくれようとしているようだ。

さらには彼女の気位の高さを考慮し、遜った物言いをしてくれる点も好感が持てる。

こんな風に礼を尽くされたのは、生まれて初めてかもしれない。

嬉(うれ)しくて、思わず視界が滲(にじ)んだ。だが、だからこそ、その手を取るわけにはいかなかった。

「──結構よ。いいから早々にここから立ち去りなさい。私に関わったと知れれば、王妃の不興を買ってしまうわよ」

エステファニアは彼からふいっと顔を背け、冷たく突っぱねる。彼に手を伸ばしてしまいそうな自分を戒めながら。

こんな自分に気をかけてくれた、優しい男の立場を悪くするわけにはいかなかった。

「……ふふっ」

だがそんな彼女の虚勢を、アルバラートは笑った。驚いたエステファニアは目を剥(む)く。

一体何がおかしいというのか。

怪訝(けげん)そうな顔をする彼女を安心させるように、アルバラートは微笑(ほほえ)む。

「殿下はまるで猫のようですね。すばしっこくて、気位が高くて」

流石(さすが)に女の子に引っ掻かれたのは初めてです。そう言って三本の傷が走った手のひらをひらひらと見せつけるように動かして笑う。褒められているのか、貶(けな)されているのかわからない。

「そんな心配はせずとも大丈夫ですよ。実は僕には、あんまり怖いものがないんです」

それには王妃をも含まれるのだと、彼は暗に伝える。どうやら誤解を生みやすいエステファニアの高慢な物言いを、正しく理解してくれたようだ。

そして彼は、低い声で、エステファニアを脅すように囁いた。

「だからね。――子供は子供らしく、大人に甘えてりゃあいいんだよ」

突然随分と砕けた口調になったのは、一体何故なのか。先ほどまでの慇懃な態度がまるで嘘のようだ。

あまりのことに驚き唖然としているエステファニアに対し、片眉を上げ「わかった?」と意地悪そうな笑みを浮かべながら、アルバラートは手を差し伸べる。

彼の有無を言わせぬ言葉に飲まれたエステファニアは、思わずこくこくと頷いてしまった。

「それでは失礼いたします。お姫様」

アルバラートは、もううさんくさいとしか思えなくなった貴公子然した態度で、エステファニアへと腕を伸ばし、その小さな体をそっと抱き上げる。

すると、ドレス越しでもわかるその細さと軽さに、一瞬驚いたように小さく息を呑んだ。

エステファニアはぶるりと体を震わせる。骨と皮だけの、己の貧相な体が恥ずかしかった。

だが彼は何事もなかったかのように、穏やかにエステファニアに微笑みかけてくれる。

それから、エステファニアに部屋の場所を聞き出すと、そこへ向かって歩き出した。

エステファニアは久しぶりに直に感じた人の体温に動揺し、なぜか思わず涙が溢れた。

必死に強く持とうと思っていた心が、容易く折れてしまいそうだ。

ただ、存在を認められることが、労られることが、こんなにも嬉しいなんて。

（――もう、他人に期待をすることはやめたはずなのに）

小さく嗚咽を漏らしながら体を震わせる小さな王女を、降りしきる雨から守るため、アルバラートは背中を丸め、包み込むように優しく抱きしめた。

そしてエステファニアの部屋に着いたアルバラートは、眉間にくっきりと深い皺を刻んだ。

日当たりの悪い、薄暗く小さな部屋。置かれた家具は、不要となったものを寄せ集めたのだろう、高質な物ながらも統一性がなく、ちぐはぐな印象だ。まるで物置のようで、とてもではないが、一国の王女の部屋とは思えない。

そこに、普段は誰一人として侍っていないはずの女官が数人、所在なさげに立っていた。

「殿下！　どちらにいらっしゃったのです？　心配いたしましたよ」

女官のうちの一人が、演技がかった様子で声をかけてくる。ここ二年ほど、女官から話しかけられたことがなかったエステファニアは驚いた。

「心配？　意味がわからないわ。私、あなたと口をきいたこともないのに」

今までエステファニアにしてきた所業を、必死で取り繕おうとしたのだろう。

首を傾げ不思議そうに問うエステファニアの言葉に、女官は顔を青ざめさせ俯く。

「――一体、この宮の管理はどうなっている？」

アルバラートの冷徹な声音に、女官達は体を大きく震えさせた。

「お前たちは今まで何をしていた？　僕が殿下を捜している間に、この部屋を暖めることすら思いつかないのか？　王宮女官とは随分と気が利かぬものだな」

アルバラートは暖炉を見やり、またしても眉をひそめた。そこはしばらく使われた形跡がなく、蜘蛛の巣が張っている。

つまりこの王女は、冬であっても火すら用意してもらえず、この冷たい部屋で過ごしていたということだ。この国の冬は、決して優しいものではないというのに。

エステファニアは何もかもを放棄された状態で、この煌びやかな王宮に囚われていた。

アルバラートに叱責された女官たちは弾かれたように部屋を飛び出し、下女を呼び出すと急いで暖炉を掃除させ、薪を用意させる。

そして、別の女官が、ずぶ濡れになったエステファニアを乾いた清潔な布で拭い、着替えを用意した。そのドレスもまた、丈の足りない古いものだ。エステファニアはこの二年、新しい衣装を一切与えられていない。

「それでは、僕も着替えて参ります」

アルバラートはエステファニアにそう声をかけた。彼の服もずぶ濡れであったし、まだ幼いとはいえ、一国の王女であるエステファニアの着替えに立ち会うわけにもいかないのだろう。

先ほどと違った丁重な態度に、エステファニアは若干の違和感を感じつつも鷹揚に頷く。

そして綺麗に一礼して踵を返したアルバラートの背中を見つめながら、彼はエステファニアに対し敬意をもって接する姿を、あえて女官たちに見せつけたのだろう、と気付く。

彼ほどの地位にある人間が、敬意を持って接している相手を、女官ごときが侮ることは許されないと。エステファニアへの態度を改めろと、そう圧力をかけたのだと。

だが、アルバラートがエステファニアの部屋から退出した瞬間、それまで心配そうな表情を作っていた女官たちが、途端に忌々しげな表情になり、いかにも気だるそうにエステファニアの世話を始めた。

アルバラートの目がなければ、彼女たちは相変わらずエステファニアに尽くす義理などないのだろう。王妃の教育が良く行き届いた、わかりやすい者たちだ。

「彼は、何者なの?」

着替えを手伝ってくれている女官に聞いてみれば、呆れたように溜息を吐かれたあと、面倒臭そうに教えてくれた。いつもならば話しかけても無視されて終わりなので、渋々とはいえ、答えてくれることが新鮮である。よほどアルバラートのことが恐ろしいのだろう。

「アルバラート様はファリアス公爵家の現ご当主です。王家に連なるお血筋で王位継承権もお持ちです。宰相閣下の元で補佐をなさっておられ、側近として国王陛下の覚えもめでたく、次期宰相と目されているお方ですよ」

　生まれた時よりこの王宮から一歩も出たことのないエステファニアは知らなかったが、やはりあの男は、この国において大きな権力を持つ人物のようだ。

「当主にしては随分と若いのね」

「父君である先代の公爵閣下は確か二年ほど前に事故でお亡くなりになったとか。病弱だった母君も随分前に」

「まあ……」

　若くして両親を失ってしまった彼を痛ましく思い、エステファニアは顔を歪める。

　着替えを終え、部屋の暖炉にようやく火が入れられたところで、アルバラートが部屋に戻ってきた。すると、目に見えて女官たちの表情と態度が柔らかく変わる。

　彼の顔を見て安堵したこともあり、女官たちのあまりにも露骨な変わり身に、エステファニアはなんだかおかしくなってクスクスと声をあげて笑ってしまった。ひどく久しぶりに笑ったので、頬の筋肉が引きつった感じがする。きっと不恰好な笑みだっただろう。

　だが、そんなエステファニアの笑顔を見て、アルバラートは一瞬惚けた顔をし、それから嬉しそうに蕩けるような笑顔を浮かべた
「殿下の笑ったお顔を初めて見ました。とてもお可愛らしいですね」

そして、そんなことを言ってくれた。だがむしろ自分の顔よりも、アルバラートの顔のほうがずっと華やかで美しいとエステファニアは思う。

女性への賛辞を言い慣れているのだろう。こんな小娘に対して、すらすらとそんな言葉が出てくるのだから。随分と軽薄な男だとも思う。それでも。

――顔が熱い。嬉しくて、たまらない。

顔を赤らめモジモジとしているエステファニアを、アルバラートは慈愛に満ちた目で見つめていた。

「ドレスを贈りましょうね。殿下によく似合うドレスを」

彼もまた、エステファニアの短いドレス丈が気になっていたのだろう。恥ずかしくて、エステファニアは俯いてしまう。

「……そんな。贈ってもらう理由がないわ」

「理由ならありますよ。僕が贈ったドレスを着てくださった殿下が見られます」

「意味がわからないわ。なんでそんなものが見たいの？」

こんな貧相な子供の着飾った姿など、見てどうするのか。

だがアルバラートは「見たいに決まっているでしょう？」とはっきりと、強く言った。

「主君に美しく着飾ってほしいと思うのは、下僕として当然の感情だと思うのですが」

「は……？　いつから私があなたの主君になったのよ……？」

「実はここだけの話ですが、初めてお会いした時です。僕ときたらうっかり凛とした殿下のお姿に魅せられてしまったのですよ。つまりは一時間くらい前ですかね。あ、もちろんドレスに合う宝飾品と靴もお贈りいたしますのでご安心を、我が姫」

「誰があなたの姫よ……!?」

アルバラートはのらりくらりと適当なことを言ってけむに巻きその真意がまるでわからない。

だがそれでも、彼がエステファニアの困窮を知り、助けてくれようとしていることだけは、間違いないようだ。

そして、おそらくはエステファニアの無駄に高い自尊心に考慮して、自らを下僕などと称し、へりくだってくれているのだろうことも。

「どうしてここまでしてくれるの……？」

だが、見返りを要求されない善意など、この世に存在しないのだと、幼くしてエステファニアは知っている。だから不安になってしまう。

真意を問う彼女のまっすぐな目に、アルバラートは困った顔をする。

「それは違いますよ。エステファニア王女殿下。あなたは本来、ここまでされるべき方なのです」

アルバラートのその言葉に、エステファニアはまた涙が滲んだ。今まで踏みにじられるばかりだった尊厳が、慰撫されるのを感じる。

それでもまだ不安そうにしているエステファニアに、アルバラートは彼女の耳元に口を寄せると女官たちには聞こえぬようにそっと小さな声で呟いた。

「――いいから受け取る。子供が遠慮するな。自分がまだ庇護される立場だってことを、あなたは自覚したほうがいい」

耳朶を打つ、命令口調の低い声に、思わずエステファニアはぞくりと体を震わせた。

子供扱いされるのは少々悔しい。こんな悲惨な状況であっても、エステファニアはなんとか自分の力で生き延びてきたのだ。

だがそれでも本当は、一人で立ち続けることは難しく、そして苦しかった。誰かに自分を委ね、寄りかかってしまいたかった。

アルバラートに背中を優しく撫でられながら、エステファニアはこみ上げてくる嗚咽を堪える。他人に優しくされることに、甘やかされることに慣れなくて、どうしたらいいのかわからない。

（そもそも彼は、なぜ私を捜していたの？）

先ほどの女官達との会話で、アルバラートがエステファニア個人に会うためにここにきたことはわかっていた。

突然エステファニアとの面会を申し入れられた女官達は、さぞかし慌てふためいたことだろう。王女がどこで何をしているかなど、きっと誰一人として把握していなかったであろうから。

「……ファリアス公爵だったわね。あなた、何か私に用があったのではないの？」

エステファニアは涙を指先でぬぐいながらアルバラートに問うた。するとアルバラートは少し困ったような顔をする。

「どうか、アルバラートとお呼び捨てください。我が姫。……信じていただけないかもしれませんが、国王陛下から殿下の様子を見てこいと命じられまして、ここまできたのです」

「……陛下が？　……ありえないわ」

エステファニアは父を思い出し、すぐに首を横に振った。

「あはは。そう言われると思いました。やっぱり陛下のこと、全く信じていらっしゃいませんよね？　まあ、陛下は施政者としては優秀でいらっしゃいますが、人格的には少々……というか、かなり問題がおありな方なので……」

エステファニアの懐疑的な目に、アルバラートは不敬なことを言って笑った。

エステファニアが王である父と最後に言葉を交わしたのは、母の亡くなった日の夜のことだ。

母は王宮の片隅で、エステファニアに看取られ、静かに息を引き取った。

そして、妾にすぎなかった母は王族の墓地に入ることを許されず、実家の男爵家からも遺体の引き取りを拒否され、王都の外れにある共同墓地へ埋葬されることになった。

王女である限り、エステファニアはこの王宮から自由にでることができない。よって、母の墓に参ることは許されないだろう。

母に寂しい思いをさせてしまうと、胸がつぶれる思いがした。

ならば、母と共に居られるのは今夜が最後だ。エステファニアは冷たくなった母のそばで、一晩を過ごすことにした。

母の眠る寝台に寄りかかり、そっと目を閉じる。涸れたと思った涙が、また次々と頬を伝い、こぼれ落ちる。

「お母様……。お母様……」

幼いエステファニアは、母を恋しがって何度も呼んだ。二度とは開かぬその目が、もう一度開いて、愛おしげに自分を映してくれないかと。そして無駄なことだと知りながら、冷たく硬い母の手を取って、温めようとした、その時。

突然けたたましい音を立てて、母の部屋の扉が開けられた。

「――っ！」

そこに立っていたのは、異様な雰囲気をまとった王だった。

エステファニアと同じ菫色の目は血走り、頬はこけ、まるで幽鬼のような有り様だ。

ぎろり、と目だけを動かし唖然としているエステファニアを睨み付けると、足早に母の眠る寝台へと近付く。

「――どけ」

そして、母に寄り添っていたエステファニアの腕を掴み、寝台から引き離すと、硬く冷たい床へと叩きつけた。

「出て行け」

背中を打ち付けた衝撃で、声が出ないエステファニアは、床に転がったまま、ただ王を呆然と見上げた。

どうやら彼は、母の死を深く悲しみ、苦しんでいるようだ。

「セラフィーナ……。セラフィーナ……」

掠れた声で母の名を呼びながら、血が滲むほどに拳を握りしめ、瞬きもせずに二度とは動かぬ母を見つめる男を見て、他人事のようにエステファニアは思った。

なんだ。つまりこの男は、王は、父は、母を愛していたのか。

（――――ふざけないで）

腹の底からふつふつと怒りがこみ上げてきた。
だったら、なぜ守ってくれなかった。なぜ幸せにしてくれなかった。
母が、争いを厭う、弱く優しい人だと知っていて、なぜ。

「――あなたのせいです」

思わず、言葉が、憎しみが零れた。
堪えてきた感情が、堰を切ったように溢れ出して止まらない。
死の静寂に包まれた母の部屋に、その言葉は、妙に大きく響いた。
明らかにこの国の支配者たる王に対して、許される発言ではない。
そんなことは、幼いエステファニアにも分かっていた。
だがどうしても、言ってやりたかった。殺されてでも、傷つけてやりたかった。
幼稚な正義感が叫んだのだ。そうでなければ、母が報われないと。
王の肩がびくりと跳ね上がった。そしてゆっくりとエステファニアの方へと振り向く。
向けられたその目にあるのは、憎悪。エステファニアの足は震える。
だが、それでも果敢に王を睨み返した。彼の顔が、醜く歪む。

「あなたのせいで、お母様は死んだ！　あなたが殺した！」

エステファニアの顔立ちは、母によく似ていた。父に似ているのは、その菫色の目のみだ。愛する女によく似たその顔で糾弾されたことに、耐えられなかったのだろう。

「黙れ……！」

大きな声で怒鳴られ、エステファニアの体が竦む。

「……失せろ。二度と余の前にその顔を見せるな。命が惜しければな」

王は幼い娘に対し、憎しみを込めて凄んだ。

向けられた本気の殺意に、エステファニアは生存本能で弾かれたように立ち上がる。

そして、震える足で、後ろ髪ひかれる思いで、母の部屋を出た。

母と共に過ごすはずだった、最後の貴重な時を奪われ、実の父親からは命を脅かされ、ただただ惨めな思いで逃げ出した。

一晩中泣いて迎えた明朝、人の気配がないことを確認して母の部屋へと戻ってみれば、すでに王の指示のもと、母の遺体は運び出されていた。

結局エステファニアはその後、二度と母の顔を見ることはできなかった。

命令通り、王とも一切顔を合わせていない。彼は娘のことなど、何とも思っていないのだろう。エステファニアが立場を失い、どんな状況になっても、これまで助けることなく放置していた。

そしてエステファニア自身もまた、父であるはずの王に助けを求めることはなかった。

よって、そんな王が、今頃になって突然アルバラートにエステファニアの様子を見に行くよう命じたなどと、到底信じられなかったのだ。

「まあ、正直陛下のことは信じても信じなくてもどちらでもいいのですが、できれば僕のことは信頼していただけると嬉しいです。これからは、僕があなたをお守りしましょう。我が姫」

演技がかった身振りで、アルバラートはそんなことを言った。

どうやら彼は、エステファニアの後見人になるらしい。

どうにも疑わしいし、その言葉は羽のように軽い。

だが、エステファニアには、差し出されたその手を拒否することなどできなかった。

それほどまでに、人との関わりに飢えていた。

「……わかったわ。好きにして」

少々投げやりながらも、エステファニアはアルバラートの提案を受け入れた。

すると彼は、笑ってエステファニアを高く抱き上げる。

「きゃあ！」

突然開けた視界に驚いたエステファニアが抗議の声を上げるが、気にせず彼女を抱き上げたまま、アルバラートはくるくると楽しそうに回る。

「それじゃあよろしく。僕の可愛い仔猫姫」

そして、エステファニアの小さな額に自らの額をこつんと軽くぶつけ合わせて笑った。


その後、アルバラートの行動は早かった。

まずは信頼の置ける公爵家の侍女を二人、エステファニアの身の回りの世話をさせるために王宮へと送り込んできた。

公爵家から王宮に派遣する形を取っているため、彼女達に対し王妃の影響を心配する必要はないのだという。

彼女達はエステファニアに忠実に仕えてくれた。これまで全てのことを自分で行ってきたエステファニアは世話をされることに慣れず、少しこそばゆい。

「ドレスもいくつかお持ちしましたよ。残念ながら時間がなくて、既製品しか用意できなかったのですが」

そう言ってアルバラートは、次々にエステファニアの部屋に衣装箱を運び入れた。中には真新しく美しい、質の良い色とりどりのドレスが何着も詰め込まれていた。

「わあ……！」

エステファニアとて一応は未だ夢見る少女なので、美しく新しい衣装には心が躍る。

嬉しさのあまり、思わず歓声を上げてしまった。

だが、やはりこんなにも綺麗なドレスを自分が着ても良いものか、そもそも貰っても良いのか、不安になって恐る恐るアルバラートを見上げる。

アルバラートは、エステファニアの葛藤に気付いたのだろう。おどけたように笑って見せた。

「あなたは与えられたものを、ただ素直に受け取り喜ぶだけでいいんです。そうしたら、僕も嬉しい」

素直に、心のままに。そう促されたエステファニアは、目の前にいたアルバラートに抱きついてその頬に頬擦りをした。かつて、母によくやっていたように。

父以外の男性の存在しない薔薇の宮で育ったエステファニアは、男性に対する一般的な接し方を知らず、警戒心も薄かった。

「ありがとう！　ありがとうアルバラート」

想定外の事態にアルバラートは一瞬固まったが、そんな彼女の事情を薄々察したのだろう、大きな手をエステファニアの小さな背中に回した。

それからあやすように、優しくその細い背中を叩く。それが心地よくてエステファニアは思わずうっとりと目を細めた。何故か不思議と心臓の鼓動も早くなる。

ひとしきり彼の腕の中を堪能した後、名残惜しげにエステファニアが身を離せば、アルバラートは困ったように眉を下げている。なにかいけないことをしてしまったのかと、エステファニアは小さく首を傾げた。

「ええと、殿下。僕はまあ、いいでしょう。ですが、他の男に気安くこういうことをしてはいけませんよ」

エステファニアは意味がわからず、きょとんとした顔をした。

「……何故？」

「まあ、その、一般的にあまりよろしくないというか」

アルバラートにしては随分と歯切れが悪い。きっと言いづらいことなのだろうとエステファニアは理解し、素直に受け入れる。

「ええと、ごめんなさい。でも、アルバラートなら良いんでしょう？」

アルバラートの腕の中は酷く心地よかった。まるで母に抱きしめられた時のように。

その場所を失うことを惜しんで、エステファニアはアルバラートに請う。

「ええと、そうですね。僕は兄のようなものということで」

「わかったわ。じゃあアルバラートだけにする」

そう言ってまた笑って抱きつけば、アルバラートはまた困ったように、けれどどこか嬉しそうに笑った。

　側にいた侍女たちも、そんな二人を微笑ましそうに見つめている。

「実はこれらのドレスは全て僕が選んだんです。エステファニア様に似合いそうだと思うものを。ぜひ今度着て見せてくださいね」

　そして甘い表情で、いたずらっぽくそう耳元で囁かれると、エステファニアは頬に熱が集まるのを感じた。アルバラートといると安心するのに、不思議と緊張もする。

「ねえ、今すぐ着てみてもいいかしら？」

　彼が選んでくれたというドレスをすぐにでも着てみたくて、そんな子供っぽいわがままを言ってみれば、密着したアルバラートの体がわずかに震える。どうやら笑っているらしい。

　エステファニアは思わず、唇を尖らせる。すると彼は誤魔化すように彼女を抱き上げた。

　背の高いアルバラートに抱き上げられると、本当に自分が小さな子供のようで、エステファニアはなにやらくすぐったいような、きゅっと胸を締め付けられるような不思議な気持ちになる。

　高く広くなった視界の中、アルバラートのキラキラとした銀の髪をいたずらにいじって、エステファニアはその感情を誤魔化した。

　そして、貰った衣装全てに袖を通し、その度に彼の前でくるりと回ってみせるエステファニアを、アルバラートは面倒そうな顔一つ見せず、ただ可愛いと褒め称えてくれた。

その後もアルバラートは、忙しい合間を縫って、毎日のようにエステファニアに会うため、薔薇の宮に通ってくる。

恐らくはこうしてこまめに通う、その姿を見せつけることで、エステファニアに対する王妃からの嫌がらせを防いでいるのだろう。

その度になんらかのお土産を持ってくるので、エステファニアの生活の質は劇的に向上した。

エステファニアの食事に始まり、衣装から装飾品、美容品に至るまで、すべてがファリアス公爵家で用意され王宮に運ばれるようになり、身の回りの世話も、公爵家の侍女たちによって細やかにされるようになった。

母を亡くして以来久しぶりに、何不自由ない満ち足りた子供らしくいられる時間を、エステファニアは手に入れたのだ。

たとえ王妃といえども、さすがに公爵、ひいては有力な次期宰相候補に対し、下手な手を打つことはできないようだ。内心では忸怩たる思いを抱えているのであろうが。

アルバラートはエステファニアに毎日楽しい話を聞かせてくれて、妹のように可愛がってくれる。彼に髪をふわふわと優しく撫でられる時など、たまらなく幸せで、エステファニアはやがて、アルバラートの来訪を心待ちにするようになった。

「我が姫。何か欲しいものはありませんか?」

そして、そんなことを聞かれたのは、エステファニアが彼のおかげで人間らしい生活を送れるようになって、半年ほど経(た)った頃のことだ。

アルバラートの「お姫様とその下僕ごっこ」はいまだに続いていて、少々呆れながらも付き合っているエステファニアは、読んでいた本から顔を上げた。

「特に思いつかないわ」

そう答えれば、アルバラートは困った顔をする。

「なんだって良いのですよ。是非この下僕にお申しつけください」

突然そんなことを言われても、困ってしまう。エステファニアは首を傾げ、彼の空色の目をじっと覗(のぞ)き込んだ。

「あのね、アルバラート。……私、毎日綺麗なドレスを着られるの」

「ええ」

「それでね、毎日お腹いっぱい食べられるの」

「そうですね」

「毎日、好きなだけ本も読めるし、お勉強もさせてもらえるの」

アルバラートを見上げ、エステファニアは微笑んでみせた。

「私ね、今、幸せ。……全てあなたのおかげだわ」

満たされているのだと。だから、他にはもうなにもいらないのだと。そんなエステファニアの心からの言葉に、アルバラートはなぜか不服げに唇を尖らせた。

「殿下。それらは本来なら全て、当然のようにあなたに与えられるべきものなのですよ」

アルバラートはエステファニアの髪を優しく撫でる。彼の指の感触が心地よくてエステファニアはうっとりと猫のように目を細めた。

「本当に何もないのですか？　何でもよろしいのですよ。たとえそれが、叶わないと思えることでも」

人は、衣食住が満たされれば良いというものではないのだ、とアルバラートは諭す。

けれど、これまで生きることだけに必死だったエステファニアにとって、それは難しい問いだ。生きる以外のことを考える余力など、なかった。

だがそう言えばアルバラートが悲しい顔をすることがわかっていたので、エステファニアは思案した。何か欲しいもの。あるだろうか。

すると、ふと、母の優しい儚げな笑顔が心に浮かんだ。大好きな、大好きな母。

「ねえ、アルバラート。……私、王宮を出たい」

ぽろりと、そんな願いが口からこぼれ落ちた。

現状、王女としての自分など、誰も必要としていない。

それなのになぜ、いつまでも王宮に縛られ、飼い殺されなければならないのだろうか。

「それでは、もしも殿下がこの王宮から外に出られることになったとしたら、何がしたいですか？」

アルバラートが重ねて優しく聞いてくる。

エステファニアは想像する。見たことのないこの王宮の外の世界を。

すると、今までになく心が沸き立った。きっとそれは、希望と名の付くもので。

「……お母様に、会いに行きたい」

王家の墓地には入れず、勘当されたが故に生家の墓地にも入れず、王都のいずこかにある共同墓地にひっそりと埋葬されているという、母。

どうしても、会いに行きたかった。たとえそこに、もう母の魂がないのだとしても。

「そうですね。ではまずはセラフィーナ様に会いに行きましょう。他にはなにかありますか？」

アルバラートが促すまま、エステファニアは口を開いた。

「街を自分の足で歩いてみたい。お店をのぞいて買い物をしてみたい。王都の中央公園にあるという大きな噴水を見に行きたい。壮大で素晴らしいのだって本で読んだの。それから劇場に行ってお芝居を見てみたい。それから……」

生きることだけに精一杯だった頃には思いつかなかった望みを、こうして口にできる贅沢を
エステファニアは噛み締める。

目をキラキラと輝かせながら、脈絡なく次々と口からこぼれる彼女のささやかな願いを聞きながら、アルバラートは笑みを浮かべた。

「うふふ。私ったら欲張りね」

そして、楽しそうに笑うエステファニアの目の前に、恭しく跪く。

「では、いつか、その願い全てを叶えましょうね。僕の小さなお姫様」

そして、流れるようにエステファニアの手を取り、その甲に口づけを落とした。まるで騎士の誓いのように。

エステファニアは嬉しいやら恥ずかしいやらで、顔を真っ赤にする。

「でもまずは何か欲しいものはありませんか。できれば物品がありがたいのですが」

何やらしつこく聞いてくるアルバラートにエステファニアが不思議そうに首を傾げれば、彼は困ったように笑った。どうやらエステファニアからその答えを引き出すことを諦めたようだ。

「……もうすぐエステファニア様の誕生日でしょう？」

一緒にお祝いしましょうね、と笑ったアルバラートの言葉に、ようやくエステファニアは、

なぜ突然彼がそんなことを言い出したのかを理解した。

窓の外を見れば、植えられた木々の葉が赤や黄に色付き始めている。エステファニアが生まれた季節である秋が近づいているのだ。

誕生日を祝ってもらうこと自体、母が亡くなって以来初めてだ。そもそも自分自身、己の誕生日をすっかり忘れていた。

自分がアルバラートにとって関心のある存在であることが嬉しくて、エステファニアは顔を赤らめる。

だが、もともとエステファニアは物欲が薄く、欲しいものが特に思いつかなかった。

「それなら、アルバラートが私に贈りたいと思うものがいいわ」

優しい彼のことだ。きっとエステファニアを喜ばせるために一生懸命考えてくれるだろう。彼が自分のことを考える、その時間が欲しくて、エステファニアはそんなわがままを言った。

するとアルバラートは軽く目を瞠(みは)ったあと、また困ったように笑った。

「これは一気に責任重大になりましたね。わかりました。では、楽しみにしていてください」

そう言って、いたずらっぽくアルバラートは笑った。

一体アルバラートは、どんなふうに祝ってくれるのだろう。何を贈ってくれるのだろう。

その日からエステファニアはわくわくと指折り数えて誕生日を待った。

第二章　奥様と呼んで

待ちに待った誕生日当日。エステファニアはアルバラートが贈ってくれた衣装の中で、彼が一番似合うと褒めてくれた薄紅色のドレスを纏った。薄絹を幾重にも重ねて作られたそのドレスは、歩くたびにふわりふわりと裾が舞って、なんとも可愛らしい。

アルバラートの援助のおかげで、骨と皮しかなかった身体に、幾分柔らかな肉が付き、顔色も良くなり、年齢相応の健康的な姿に近づいたエステファニアに、それは良く似合っていた。

「本当にお美しいですわ……！　きっとアルバラート様もお喜びになりますよ」

エステファニアのまっすぐで艶(つや)やかな黒髪を梳(くしけず)りながら、侍女がそう声をかけてくれる。

かつての骨と皮のようなエステファニアを知っているからか、うっすらとその目を潤ませている。アルバラートが寄越(よこ)してくれた公爵家の侍女達は、皆優しく、こうしてエステファニアを大切にしてくれる。そのことが、嬉しい。

「まあ、大げさよ」

照れ笑いを浮かべながらエステファニアは言った。自分がこうして笑えるのも全て、アルバラートのおかげだ。

「アルバラートはまだかしら?」

すっかり準備万端なエステファニアは、そわそわしながら彼の訪れを待った。

ああ、早く会いたい。そして、彼のために精一杯粧し込んだ自分を見てほしい。

しばらくして、待ちに待ったノックの音が、部屋に響いた。

「あ! 来たわ‼」

エステファニアは座っていた椅子から飛び上がるように立って、「どうぞ」と外に向かい声をかけた。そして、いつものように扉からアルバラートが入ってくる瞬間を、今か今かと待っていたのだが。

「失礼いたします」

入室してきたのは、これまで見たことがない厳しい顔をした女官だった。おそらくこの薔薇の宮の女官ではない。

「……何用です?」

気落ちする心を隠し、表情を引き締めて声をかければ、女官は淡々と答えた。

「エステファニア王女殿下。国王陛下がお呼びでございます」

「…………は？」

思わずそんな間抜けな返事を返してしまったのは、仕方がない。なんせ父から呼び出されるなど、この王宮で生まれて育って、初めてのことである。

しかも、なんの前触れもなく、唐突に、などと。

女官は、そんなエステファニアの反応を不敬だと思ったのか、僅かに眉をひそめた。

「お急ぎください。陛下はご多忙なのです」

いかにも王がエステファニアなどに使っている時間が勿体ないのだ、と言わんばかりの不遜な物言いである。仮にも王女である自分に対し、不敬なのはどちらだと思ったが、仕方なくエステファニアは立ち上がった。

妾腹の王女は、彼女にとって敬意を持つに値する存在ではないのだろう。それほどまでに、正式な婚姻であるということは、この国で重要な意味を持つ。

憤りを感じつつも、女官に促されるまま、エステファニアは王が待つという王宮の執務室へと向かった。

自分が住んでいる宮以外の王宮内を見るのは初めてで、興味深く周囲を見渡しながら進んで行くと、一際見事な獅子の彫刻の施された重厚な木の扉の前で、女官が足を止めた。

「失礼いたします。エステファニア王女殿下をお連れしました」

ノックの後、女官が声をかける。すると、気怠そうな声で「入れ」と返事が聞こえた。

かつて同じ声で『二度と姿を見せるな』と言われたことを思い出し、緊張で身が竦む。

さすがに突然殺されたりはしないだろうと覚悟を決めて、音を立てぬようそうっと執務室の扉を開け、室内に入る。

するとそこには、久しぶりに見た父がいた。

エステファニアは、まだ王太子であった頃の王が十六歳の時、女官であった母との間に生まれた王女だ。

よって彼は未だ二十九歳のはずだが、随分と老成しており、十歳は上に見える。不機嫌そうに眉間に刻まれた皺が深い。

そして手に持った書類に視線を落としたまま、自分が呼び出した娘が来たというのに顔をあげようともしない。

「それでは、私は失礼いたします」

女官がその場を立ち去る。不遜で気にくわない女官であったが、王と二人きりにされるくらいなら、まだそばにいてくれた方が良かった。重い空気の中で、エステファニアは内心悲鳴をあげる。

「……国王陛下。お久しぶりでございます。エステファニアでございます。お呼びと伺い、参上いたしました」

震えそうになる声を必死に落ち着かせ、足を踏みしめ、胸を張って、エステファニアは挨拶をした。

その声にようやく王は顔を上げ、エステファニアをちらりと一瞥すると、不快げに眉をひそめ、すぐに興味を失ったかのように視線を机上の書類へと戻す。

わかってはいたものの、それでも少しだけ失望する。そして一体何を期待していたのかと自嘲する。やはり自分は彼にとって、何の価値もない存在なのだろう。

「――お前の降嫁が決まった」

王はエステファニアと一切目を合わせないまま、業務連絡のように淡々と告げた。

そのあまりの軽さに、エステファニアは、一瞬呆けてしまう。

「降嫁……でございますか?」

その内容を認識できず思わず聞き返せば、面倒そうに溜息を吐かれる。

「これは決定事項だ。お前はファリアス公爵家に嫁がせる。よって、できるだけ早急にこの王宮から出て行け。話は以上だ」

一気に言うべきことを言うと、王は追い払うように手を振った。

未だ良く内容を理解しきれないままに「承知いたしました」とだけ答えると、腰をかがめて一礼したエステファニアは退室した。

そして、外で待機していた女官に促され、自分の部屋へと帰る。

歩きながら、王から与えられた言葉を頭の中で反芻する。

（降嫁、つまり王女が王家を出て臣下に嫁ぐということ。そして、ファリアス公爵家に嫁ぐ……。ファリアス公爵家ってアルバラートの家よね。確か彼は一人っ子のはずだから未婚の男性はアルバラートだけ……、つまり、私はアルバラートと結婚するってこと……？）

「あああ……!!」

ようやく王から命じられた内容を認識したエステファニアは、衝撃的な事実に奇怪な声を上げてしまった。

前を歩く女官がその声に驚き、びくっと飛び上がる。

「如何なさいましたか？　突然そんな品のない声をお上げになって」

相変わらず不敬な女官である。だがそんなことはもうどうでもよかった。なんでもないと言うように、軽く横に首を振って答える。

そしてエステファニアは俯けた顔を真っ赤に染め、突然思いもよらぬ方向へと舵を取った自分の人生に慄いていた。

自室に戻れば、侍女達が心配そうな顔をして待っていた。

「お帰りなさいませ。エステファニア様。……いかがなさいましたか？」

「きゃーっ‼」

彼女の顔を見て、安堵して、またしても先程までの出来事を思い出し、興奮のあまり奇声をあげたエステファニアは、寝台に飛び込むと右端から左端まで何度もゴロゴロと転がった。

「エステファニア様⁉　一体何があったのですか⁉」

突然の主人の乱心に、侍女達が震え上がる。

心ゆくまで寝台の上を転がり続け、目が回って動けなくなり、ようやく落ち着いたエステファニアは、夢心地のような表情で、陶然と呟く。

「神はいるわ……！」

「え、エステファニア様、本当に大丈夫ですか？」

エステファニアの頭の中を心配し、侍女達が不安そうな目でこちらを見てくる。

敬虔（けいけん）深いこの国の王族でありながら、エステファニアは信心深いとは言い難い人間だ。

幼い頃から悲惨な目に遭い続けていたせいで、信仰心などとうに失ってしまっている。

だが、そんなエステファニアでも思わず神を崇（あが）め奉（たてまつ）りたくなるほど、それは突然に与えられた幸運だった。

「私、アルバラートと結婚するみたいなの！」

有頂天になるとはこのことだ。アルバラートに出会ってから、本当に幸せなことばかりが起きる。

きっと神は、今更ながら哀れなエステファニアの生い立ちに気付き、同情して彼女の元にアルバラートを遣わせてくださったに違いない。

これで堂々と、この大嫌いな王宮から出ていくことができる。しかも大好きなアルバラートの妻となるために。

「まあ、ようやくお話があったのですね」

驚く様子もなく、公爵家の侍女たちはニコニコと笑ってエステファニアを祝福してくれた。侍女たちはそのことをすでに知らされていたらしい。

詳しく聞いてみれば、そもそも公爵家の侍女たちを王宮へ派遣することが許されているのも、エステファニアが公爵家に嫁ぐことが決まっていたためなのだという。

降嫁した際に、生まれて初めて王宮を出るエステファニアが心細い思いをしないようにと、アルバラートが口八丁手八丁に王から許可をもぎ取ったのだと。

エステファニアは身に纏っているアルバラートから贈られた薄紅色のドレスを、ぼうっと見つめる。

何も持っていない哀れなエステファニアのために、彼は細やかに気を配り、必要なものを与えてくれる。

一応は王女の地位にあるとはいえ、存在を忘れ去られ、何の見返りも期待できないであろうエステファニアに、彼はなぜここまでしてくれるのか。エステファニア自身、そのことをずっと不思議には思っていたのだ。その答えが、ようやくわかった。

アルバラートは前から、おそらくは初めて出会った時から、すでにエステファニアとの結婚を王に命じられていたのだろう。

そう考えれば、彼から差し伸べられた手、その全てに合点が行く。

——彼は義務として、自分の未来の妻を守っていたのだ。

「アルバラート様には口止めされておりましたの。正式に陛下からお話があるまでは、エステファニア様を徒(いたず)らに不安にさせてしまうからと」

確かにアルバラートに懐(なつ)く前にこの結婚の話をされていたら、エステファニアの警戒心は増していただろう。今こうして素直に喜べるのは、すでにアルバラートの人柄を知っているからだ。

「どうしよう……」

両手を胸の前に組んで、思わずエステファニアはうっとりとつぶやいた。

そんなエステファニアを侍女たちは慈愛の目で見つめた。少女らしいふっくらとした線をとりもどしつつある頬は、薔薇色に染まり、彼女の心を表しているようだ。

けれど、その幸せそうな表情がふと陰る。不幸な出来事に慣れ過ぎているエステファニアは、突如巡ってきた幸せを手放しに喜べるほど、この世界を信じ切ってはいなかった。

「でも幸せすぎて、なんだか怖いわ……」

エステファニアが不安気な声で呟く。なんせ自分は自他共に認める不幸体質なのである。これ以上不幸なことが起こりませんようにと神に祈った、まさにその時。

エステファニアの部屋に、またしても無機質なノックの音が響いた。

今度こそアルバラートが来たのだと思い、エステファニアの顔が喜びと羞恥で真っ赤に染まる。

彼以外の人間が、この忘れられた妾腹の王女の部屋に来訪することなど、まずない。

だからエステファニアは、そのノックが今度こそアルバラートだと疑っていなかった。

エステファニアは大きく息を吐いて、逸る気持ちを落ち着かせる。

「……いらっしゃい！」

それから勢いよく部屋の扉を開ければ、そこにはまたしてもアルバラートではなく、一人の女官が立っていた。

来客をすっかりアルバラートだと信じきっていたエステファニアは肩透かしをくらい、あからさまに落胆してしまう。

突然開かれた扉に、女官も驚いたようだが、すぐに我に返ると「失礼いたします」と感情のこもらない声で断りを入れ、エステファニアの部屋の中へと入ってきた。

その女官には見覚えがあった。確か王妃のお気に入りの女官だったはずだ。招かれざる客に、エステファニアは眉をひそめた。

「申し上げます。王妃様がお呼びでございます。殿下におかれましては、今すぐ王妃様の部屋においでください」

女官は慇懃無礼に告げる。まるでこちらには断る権利がないと言わんばかりだ。

碌でもない用事であることはわかりきっていた。王妃はかつて王の寵愛を受けていた母を、さらにはその娘であるエステファニアを深く憎んでいるのだ。

彼女がこの国の王妃として嫁いできて以後、呼び出されたことなど一度たりともない。それなのに、この時期にわざわざ呼び立てるなどと。

「私にも予定というものがあるのだけれど」

前もって何の伺いもなく、突然の呼び立てには応じられない、と嫌味ったらしく言ってやれば、女官は憎々しげにエステファニアを見やった。

随分と王妃の指導が行き届いているらしい。王妃は人の心を扇動する能力に長けていた。

「お言葉ですが。殿下に公務がおありとは思えませんが」

確かにエステファニアは王族として完全に干されている。公務など一切与えられていない。だからといって、女官ごときにどうせ暇だろう、などと蔑まれる筋合いはないが。

「あら？　誰が公務といったの？　私的な用事よ。私にも色々あるの」

「ならば考えるべくもありません。よもや、私的な理由ごときで王妃様からのご命令に従えないというのですか？　ご自身のご身分をお弁えくださいませ」

確かに王妃からの呼び出しを断ることは難しい。エステファニアはしがない妾腹の王女なのである。だがそちらこそ身分を弁えろとエステファニアは思った。王妃のお気に入りの女官だからといって、王女であるエステファニアに無礼を働く権利などない。

王妃の威光で自分自身まで偉くなったつもりなのか。

「……わかったわ。用意が出来次第、王妃様の宮に向かいます。……だからお下がり。お前のその顔を見ていたくないの。目障りよ」

エステファニアがあえて蔑むようにそう吐き捨てれば、女官は顔を歪め、憤慨して部屋から出ていった。

幸せな気分に水を差され一つ深いため息を吐くと、侍女達が心配そうに顔を覗き込んでくる。

「大丈夫ですか？」

「……仕方がないわ。できるだけ穏便に対応してくる」

どうやら行かないという選択肢はないようだ。渋々エステファニアは立ち上がり、軽く身支度を調えると、王妃の部屋へ重い足取りで向かった。

一応はエステファニアの義母となるはずのエルサリデ王国王妃ドルテアは、隣国アルムニア帝国の皇女である。

そして、彼女の父である現アルムニア帝国皇帝は、色狂いで知られる。

エルサリデ王国と同じ貞節を重んじる神を奉りながら、かの皇帝は、正しく神に認められた皇妃をないがしろにし、欲望のまま、何人もの妻や妾を抱えた。そして皇宮の一角に後宮と呼ばれる場所を作り、気に入った女を幾人も囲い込み、淫蕩の限りを尽くしているという。

それにより、これまで幾度も教会より警告を受けながら、その行動を改めることなく、逆に教会を脅し返すような真似までしているようだ。

皇帝でありながら、いずれ教皇によって破門されるのではないか、という噂まで立っている。

そんな皇帝が欲望のままに作った愛憎渦巻く後宮で、二十一番目の皇女としてドルテアは生まれ育った。

皇帝の寵愛を奪い合い、陥れ合うことが日常の後宮で、数多いる皇女たちを蹴落として、エルサリデ王国に王妃として嫁ぐ権利を手にした彼女は、人を甚振り苦しめる術を熟知していた。

エステファニアの母が存命中は、王がまめに薔薇の宮に足を運んだため、表立った嫌がらせはできなかったようだが、母亡き後、彼女は当然のごとく義理の娘であるエステファニアを標的に定めた。

薔薇の宮のすべての女官達に命じ、エステファニアとの一切の関わりを禁じたのだ。

それ以後、女官達は王妃の不興を買うことを恐れ、エステファニアとの関わりを絶った。

彼女の世話を放棄し、言葉を交わさず、視線すら合わせず、放置するようになったのだ。

たとえどれほどエステファニアの気が強くとも、その存在自体を無視されてしまえば、どうすることもできない。

本来ならここで父に助けを求めるべきなのであろうが、その父からは二度と顔を見せるなと命すら脅かされている有様である。

何度か王宮を脱出し市井(しせい)に混じって生きていこうと考えたこともあったが、王の妻子の生活の場ということもあり、警備は厳重で、外へと逃げる術を見つけ出すことはできなかった。

そんな中でもエステファニアが生き延びることができたのは、母と乳母の教えが大きい。

彼女達は敬虔深く清貧を重んじる、男爵家の出身であった。

よって家にはせいぜい数人の使用人しかおらず、着替えも食事の準備すらも、ほぼ自分たちで行うという有様であった。

母は、妾腹の王女として生まれたエステファニアの未来を憂いていた。故に、将来を見据え、自分のことは自分でできるようにと、エステファニアを躾けたのだ。

そんな母の貧乏令嬢故の生き残り術がなければ、エステファニアが頼る者なくこの王宮で生き抜くことはむずかしかったであろう。

女官の案内で廊下を足早に歩きながら、王妃と顔を合わせるのは何年ぶりであろうか、とエステファニアは記憶を辿る。

確か、彼女が王妃としてこの王宮に入ったばかりの時に、母と二人で挨拶に行った以来だ。

緊張のあまり真っ青な顔で震えながらも、何とか形式的な挨拶をする気弱な母を、王妃は一言も言葉も発さず憎々しげに一瞥しただけだった。

あの時と同じ、おびただしい金の装飾が施された白い扉の前に立つと、女官がノックをした。

「エステファニア殿下をお連れしました」

女官の声に、「お入り」とやはり気怠そうな声がした。似た者夫婦だとエステファニアは失笑する。

「失礼いたします」

扉が開かれ、エステファニアは王妃の部屋へと入る。

そこには贅を尽くした衣装を身に纏い、悠々と中央に置かれた長椅子に腰をかけた女がいた。

多くの女官たちが、その傍らに傅いている
　まだ年若い王妃の、生来の気の強さを感じさせる顔立ちは凡庸で、美しいというよりは、愛嬌のある顔立ちをしている。

　そんな王妃に対し、エステファニアの母譲りの美しさは圧倒的だ。それもまた、王妃の劣等感を煽るのだろう。

　やってきたエステファニアを見るなり、王妃は手に持った扇で口元を隠し、眉をひそめた。

「ご機嫌麗しく。王妃様。お呼びと伺いました」

　エステファニアは腰を屈め、目上の者に対する礼をとる。

　すると、王妃はつまらなそうに鼻を鳴らした。

　碌でもない用で呼び出されたのは、わかりきっていた。だが、ここで怯えた様子を見せたら負けだ。

　そんなものを見せてしまったら最後、彼女に徹底的に潰されてしまうだろう。

　エステファニアは腹に力を入れ、顔を上げるとまっすぐに王妃の顔を見据えた。王妃はさらに深く眉間にしわを寄せ、気分が悪そうにエステファニアから目をそらした。

　女官に促されるまま、王妃の向かいの椅子に座る。そして女官がお茶を用意するのを、ぼうっと見ていると、王妃から声をかけられた。

「……あなた、ファリアス公爵家への降嫁が決まったそうね。おめでとう」

全く祝う雰囲気ではなく、冷たく言い捨てられる。

「はい、ありがとうございます」

エステファニア自身、つい先ほど王から命じられたばかりの話であるが、一応やる気なく礼を返した。

それにしても随分と情報が早い。どうやらエステファニアが思っていた以上に、王妃はエステファニアの動向を常に探っていたようだ。嫌いな人間など放っておけば良いのに、ご苦労なことだとエステファニアは思った。

「確かにアルバラートは素敵よね。麗しい容姿をしているし、家格も申し分なく、そして有能で将来も有望。あなたも憎からず思っているのでしょう?」

恋や愛という感情は、まだ幼いエステファニアにはよくわからない。けれどアルバラートのことを好ましく、そして大切に想う気持ちは間違いではなかった。

彼を思い出し、硬かった表情がわずかに綻ぶ。その姿に、王妃は面白そうに目を細めて口を開いた。

「……だけど、お生憎様ね。あなたが彼に愛されることはないわ」

一体何を言い出すのかと、エステファニアは目を丸くする。

王妃は楽しそうに、くすくすと耳障りな声で嘲笑う。

「知らないようだから教えてあげるわ。あなたの大好きなアルバラートはね、半年ほど前に陛下からあなたの降嫁の打診を受けて、もともと結んでいた婚約を解消したそうよ。それはそれは仲睦まじかった幼馴染のロランディ侯爵令嬢マリアンナとの婚約をね。うふふ。おめでとう。よかったわね。あなたは他に愛する女のいる男の元に嫁ぐの。私と同じように」

夫が愛した女の娘が、自分と同じような目にあうことが、おかしくてたまらないのだろう。王妃は楽しそうに、高らかに声をあげて笑った。

エステファニアは荒れ狂う心を表に出さぬよう、目の前に置かれた美しい白磁のカップを手にとり、口をつけた。

王妃に供されるそれは、美しい澄んだ琥珀色をしている。エステファニアからすれば滅多に口にはできぬ高級で上質なお茶であり、美味しいはずなのに、今は不思議と何の味もしなかった。

カップを支える手が、カタカタとわずかに震える。その様子を見つめながら、王妃は微笑んでいる。エステファニアの動揺が、嬉しくてたまらないのだろう。

「よく二人で連れ添って社交の場に出ている姿を見かけたわ。本当に幸せそうだったのに。ねえ、あなたのせいで婚約を解消させられた可哀想なマリアンナはね、その後すぐに、父親ほどに年の離れた男の元に嫁がされたのよ」

ちっとも憐れんでいる様子はなく、王妃はくすくすと笑い続ける。

それを聞いたエステファニアは小さく息を呑み込んだ。つまり短く貴重な結婚適齢期に突然婚約者を失ってしまったマリアンナに対し、取り繕うように他の男を充てがったということか。貴族にしては婚約から結婚に至るまでの期間が短すぎることからも、そのことはたやすく想像ができた。

「なんでももう子まで孕んでしまったというから、アルバラートの悲しみはいかばかりかしらね。愛する女を奪われて、挙句にこんな痩せっぽっちの子供を押し付けられて」

心臓が冷たくなった気がした。それはつまり、自分がアルバラートの幸せを奪ったということか。

「うふふふふ。何の因果かしら。アルバラートはあなたを大切にはするでしょう。腐っても一国の王女だもの。けれどあなたは彼から女として愛されることはないんだわ。そう、私と同じように」

怨嗟（えんさ）の声がする。――不幸になれと、エステファニアを呪（のろ）う声だ。

だが、エステファニアは歯を食いしばり、気合いを入れて顔を上げた。

「あら嫌だわ。何をおっしゃっていますの？　お義母（かあ）様ったら。そもそも王族や貴族の結婚に恋やら愛やらを求めること自体が間違っていましてよ」

エステファニアは必死に口角を上げ、父譲りの菫色の目を細めると、にっこりと顔に微笑みを貼り付けて見せた。あえて義母と呼んだのは、もちろん嫌がらせである。

実際相当に嫌だったのだろう。王妃の顔が引きつる。

「大切にしていただけるのなら、充分。それ以上、何も望むものはありませんわ」

暗に王妃の所業を当て(あ)擦(こす)り、エステファニアは笑う。彼女とは違い、自分は結婚に愛など求めないのだと、明言する。

期待など持たない。これ以上のものなど望まない。——本当は愛されたいと、心が悲鳴をあげたとしても。

決して、王妃に対し無様な姿など晒さない。それは王女たるエステファニアの矜持だ。

王妃は忌々しげに顔を歪めると、エステファニアを追い払うように手をひらひらと動かした。

「……嫌いな人間の顔を見ながら飲むお茶は、ちっとも美味しくないわね。言うべきことはそれだけよ。出ていってちょうだい」

その言葉を受け、エステファニアは飲んでいたカップをソーサーに戻し立ち上がると、辞去を告げて踵(きびす)を返し、王妃の部屋を出て行った。

王妃はその姿を目で追うこともなく、席を立つこともなく、ただお茶を口に運び続ける。

「……幸せになど、させないわ」

ふと、怨嗟が口からこぼれる。

そう、許せるはずがない。あの女の娘が、自分よりも幸せになるなど、絶対に。

目を瞑り、思案にくれる。――さあ、どうしてくれようか。

「……そうね。それではお茶会でも開きましょうか」

にいっと笑った王妃の言葉に、女官たちが跪く。

「はい。――御心のままに」


王妃の部屋を出て、扉を閉める。パタン、という音が鳴った瞬間、エステファニアは一気にずしりと体が重くなった気がした。

――そう、うまい話には裏があるのだ。そのことを自分は良く知っていたはずなのに。

滲む視界を誤魔化すように、瞬きを繰り返す。ここで泣くわけにはいかない。泣いたところで、その報告を受けた王妃が喜ぶだけだ。

唇を噛み締め、重い足を引きずるようにして、自分の部屋へと戻る。

王妃とエステファニアとの険悪な関係を知っているのだろう。そこには、またしても心配そうな顔をした侍女たちが待っていた。

そして、顔色の悪いエステファニアを見て、慌てて駆け寄ってくる。

「いかがなさいましたか？」

そう、優しく聞いてくれるが、エステファニアは必死に笑顔を作ってごまかす。本当は色々と聞きたいことがあるが、彼女達の本来の主人はエステファニアではなくアルバラートである。

主人の不利益になるようなことは、答えないだろう。

「大丈夫よ。なんでもないわ。少し考えごとをしたいから、一人にしてくれるかしら」

心配そうな顔をしつつも、侍女たちが退出する。そして、エステファニアはまた寝台の上に転がった。さっきとは真逆の心持ちで。

（……やっぱり、神なんていないんだわ……）

王妃の前では必死に虚勢を張ったが、エステファニアの心の中は嵐が吹き荒れていた。

元々、王族や貴族の結婚は政略が絡むのが一般的だ。

そんなことは良くわかっていた。故に王妃に対し啖呵（たんか）を切ったことは、間違いではない。

だが、それでもエステファニアは、心のどこかで、年相応の少女らしく、アルバラートと愛のある結婚ができると、そう、期待してしまっていたのだ。

力なく寝台に身を投げて、両手で顔を覆う。そして何とか必死に心を立て直そうとする。

（アルバラートに婚約者がいたなんて、知らなかった……）

しかも彼は、王にエステファニアの降嫁を言い渡されたために、その婚約を解消したという。

王から命じられれば、臣下であるアルバラートに拒否はできないだろう。

（仲の良い、侯爵令嬢、か……）

今更この結婚を覆すことなどできない。すでにこの降嫁話は王により公のものとなっている。

さらにアルバラートの元婚約者は、すでに違う男性と婚姻を結んでいて、そのお腹には子供までいる。アルバラートの元に取り戻すことは、もはや難しいだろう。

エステファニアは、自分がアルバラートから奪い取ったものの大きさに慄いた。

「私、なんてことを……」

何も考えず、手放しにこの結婚話を喜んでいた軽率な自分を悔やんだ。国王たる父が決めた降嫁だ。エステファニアにはどうすることもできなかったとはいえ、彼の幸せを奪ってしまったことは、間違いない。

だがそれなのにアルバラートは、いつもエステファニアに優しくしてくれた。

恨まれても仕方がないのに、そんな素振りは一切見せなかった。

「殿下。アルバラート様がいらっしゃいました」

鬱々としていると、遠慮がちに扉が叩かれ、侍女がアルバラートの来訪を告げた。

「どうぞ、お入りになって」

エステファニアは飛び起き、寝っ転がっていたせいで捲(めく)れているドレスの裾を慌てて直し、入室の許可を与えた。

そして、開かれた扉から現れたのは、エステファニアの背丈ほどもありそうな愛らしい巨大な熊のぬいぐるみだった。

吃驚(びっくり)したエステファニアは、目を見開き、言葉を失う。

「誕生日おめでとうございます。僕の可愛いお姫様」

その熊のぬいぐるみは、アルバラートの声でエステファニアの誕生日を祝った。

「わあ‼」

思わず目をまん丸にしたまま頬を上気させてそう声を上げれば、くすくすと声を立てて熊が笑う。

そして、ぬいぐるみの後ろから、ひょっこりとアルバラートが顔を出した。

彼と顔を合わせた瞬間、巨大な熊の衝撃で忘れていた先ほどの出来事を思い出し、エステファニアは不自然に彼から目をそらしてしまった。

彼女の満面の笑顔を期待していたのだろう。アルバラートは不可解そうに片眉を上げ、視線を合わせるように、熊のぬいぐるみとともにエステファニアの前にしゃがみ込んだ。

そしてぬいぐるみの柔らかな茶色の手で、トントンと彼女の頬を優しく叩いた。

「おや、可愛い僕のお姫様。何かあったのかい？」

下から覗き込むようにして顔を見られ、エステファニアは動揺して頬を赤らめてしまう。

彼の空色の瞳が、まっすぐにエステファニアの目を射抜く。目をそらしたいのに、何もかもがわざとらしくなりそうで、困ってしまう。

「な、何でもないわ」

慌てて言い訳をするが、もちろんアルバラートの表情は晴れない。

エステファニアは普段、話している相手とはしっかりと目を合わせるようにしている。そんな彼女が視線を彷徨(さまよ)わせていれば、何かがあったことは明白だった。

「本当に？　僕のことが信じられないから言えないのではなくて？」

彼は、優しい。エステファニアを案じ労わるその言葉に、その目に、エステファニアを責めたり疎んじたりする色は見つからない。

(そんな優しいアルバラートから、私は、幸せを奪ったのに)

罪悪感で胸を締め付けられ視界が潤(うる)む。彼は婚約者を失い、挙句、こんな子供のお守りを押し付けられてしまった。本来なら疎まれても、恨まれても仕方がないのに。

「話してくれなきゃ助けられないんだよ。絶対に助けてやるから言って。何があった？」

アルバラートが低い声で言った。エステファニアの肩が震える。こうなった彼は、絶対に引いてはくれない。

裁きを受ける罪人のように覚悟を決めて、エステファニアは口を開いた。

「……今日、陛下から、私の降嫁の話を聞いたの」

ああ、彼はどんな顔をするだろうか。エステファニアは緊張で、声が震えた。

アルバラートが目を見開く。そこに負の感情を見つけることが怖くて、エステファニアはまた目をそらそうとした。――だが。

彼はただ微笑んだ。慈愛に満ちた柔らかな笑みで。

「おや。陛下から聞いたんですか。ようやく伝える気になったんですねぇ。あの人」

そして、いつものようにエステファニアの髪を撫でた。その手の優しさに、エステファニアは泣きたくなって唇を噛(か)みしめる。

「大切なことはちゃんとご自身でエステファニア様に伝えてくださいって申し上げていたんですよ。だって父親の義務でしょう?」

それくらいはやってもらわなくては、そう言って笑うアルバラートにエステファニアは困惑する。父がわざわざ自分を呼び出して降嫁を伝えてきたのは、どうやらアルバラートの進言によるものだったようだ。

父親の義務、という言葉が、こんなにも似合わない父親もいないだろうが。

「殿下は、僕が夫では不服ですか？」

エステファニアの表情に、彼女が嫌がっていると思ったのか、アルバラートは少しだけ悲しげに眉を下げる。彼の腕の中にある熊のぬいぐるみも、顔を手で押さえて泣く真似をしている。

エステファニアは慌てて、ぶんぶんと風音が立ちそうなくらいに首を横に振った。不服なことなどなにもない。――そう、自分には。

「それは良かった」

アルバラートはまた屈託なく笑う。いつものように。

一体、何が良かったというのだろう。彼は婚約者を失い、自由を失ったのに。

「……でも、アルバラートは、それでいいの？」

彼にこの問いかけをするために、エステファニアはこれまでで一番の勇気が必要だった。嫌だと言われたら、いらないと言われたら、何とかして彼を救う手立てを考えよう。そう覚悟を決めて口に出したのだ。

「もちろんですよ。僕のお姫様。あなたが妻になってくれたら、きっと、毎日が楽しい」

だというのにアルバラートは、そんなエステファニアの悲壮な覚悟など知らず、あっさりと彼女を受け入れ、その小さな手を取って、細い指先に触れるだけの口付けを落とした。

「ひやぁっ！」

そして何とも色気のない声をあげて、また顔の真っ赤にするエステファニアを、楽しそうに優しい目で見つめてくれる。

それは、あくまで保護者と被保護者の間の親愛であると、エステファニアは理解していた。なんせ誕生日の贈り物が熊のぬいぐるみである。完全に彼はエステファニアを子供だと思っているのだ。もちろん熊のぬいぐるみはとても可愛くて非常に嬉しいのだが。少々悔しい。

けれど、たとえ男女の愛ではなくとも、彼は間違いなくエステファニアを大切にしてくれる。

そのことだけは、わかった。

（――今は、それだけで十分。たとえ、愛してもらえなくても）

エステファニアの中で、覚悟が決まる。そう、ならば自分にできることをすればいい。

「わかったわ。アルバラートの奥さんになってあげる」

エステファニアは痛む心を見ないようにして、ツンとそっぽを向きながら、熊のぬいぐるみを受け取りぎゅっと抱きしめると、アルバラートの妻になることを承諾した。

その言葉が実にエステファニアらしいと、アルバラートはまた笑った。

一ヶ月後、エステファニアは王宮を出て、王都にある公爵家の別邸に移動することになるという。公示がなされるだけで、式などは一切行わないらしい。

王族と貴族の結婚としては本来ならあり得ないことだ。だが王はそれほどまでに、一刻も早くエステファニアを王宮から追い出したいのだろう。

「式は殿下がもう少し大きくなられてから、行おうと考えています」

「……わかったわ」

神の前で誓えないことを寂しく思う気持ちはあれど、アルバラートにそう言われてしまえば、頷くしかない。事実こんな子供を妻として娶るなど、彼自身あまり大っぴらにはしたくはないだろう。エステファニアにも、それは良くわかっていた。

自分は彼にとって、突然背負わされてしまった重荷だ。だからこそ。

(……幸せにしなくちゃ)

エステファニアは気持ちを奮い立たせる。

アルバラートはたった一つしかない『妻』の座を、エステファニアに渡してしまった。名ばかりなれど、王女と結婚した以上、彼は今後女性関係において軽率な行動をとることは許されないだろう。つまり、その一生をエステファニアただ一人に縛られることになる。

であるならば、エステファニアにできることはただ一つ。

――アルバラートを幸せにするのだ。

失ったものは、もう戻らない。だったら、失ったもの以上のものを、彼に与えてみせる。

（なんとしても、アルバラートを幸せにしなくちゃ）

エステファニアの思考は、実に前向きで健全であった。

そして、未来を見据え、まずエステファニアは現状ある自身の持ち札を指折り確認し始めた。

（顔はお母様に似てそれなりに整っていると思う。胸だってこれから何とか育ててみせるわ。性格は我ながら難ありだとは思うけれど、まだ矯正が効くわよね。後ろ盾はないし妾腹だけれど一応は上位の王位継承権を持っているから、箔はつくかしら）

じっと熊のぬいぐるみの陰からアルバラートを見つめる。明らかに何かを企んでいるような顔をしたエステファニアに、アルバラートは訝しげな表情を浮かべる。

（――そしてあわよくば、妻として愛してもらえるように、頑張ろう）

王妃は、どうせ愛されないだろうと呪いの言葉を吐いた。確かにそうかもしれない。だからといって、何もしなければ、何も変わらないのだ。

「ねえ、アルバラート。私、絶対にあなたを幸せにしてみせるわ」

ならば自分の望む未来を手に入れるため、せいぜい足掻いてみようではないか。

そんな決意をもってのエステファニアの言葉に、アルバラートは軽く目を見張り、そして思い切り吹き出した。

「はい。期待しておりますよ。我が姫」

目に涙を浮かべて笑いながら言うアルバラートに、エステファニアは唇を尖らせる。どうやらちっとも期待されていないようだ。

「というわけでアルバラート。まずはあなたの好みの女性の傾向を教えてくださらない？」

「はい？　いきなり何がどうしてそんな話になったんです」

もちろんアルバラートの好みに自分を極限まで近づけるためである。そのための努力は惜しむまい。

「いいから答えなさい。性格は大人しめが良いかしら？　それとも明るい方が良い？　やっぱり胸は大きい方が好みなのかしら？　それとも細身の方が良い？」

矢継ぎ早に質問を重ねるエステファニアに、笑いを引っ込めたアルバラートは、ご想像にお任せしますとだけ言って、その場から慌てて逃げ出した。

それから一ヶ月後、エステファニアは当初の予定通り王宮を出て、馬車で王都にあるファリアス公爵別邸へと向かっていた。

「わぁ……！」

馬車の小窓から顔を出し、思わず歓声をあげる。

生まれて初めて見た王宮の外は、賑やかで、活気に溢れていた。

「色々と恨みつらみがお有りかと思いますが、陛下は施政者としては非常に優秀な方なんですよ」

アルバラートは苦笑しつつ言う。こんなにも短期間で国が発展したのは、間違いなく王の功績であると。

「…………」

確かにそうなのかもしれない、とエステファニアも思う。父親としては最低の部類であるが、国王としては優秀なのだろう。

だからと言って、自分がされたことを、忘れることなどできないが。

「本当は色々と案内して差し上げたいのですが、お疲れかと思いますので今日はまっすぐ屋敷へと向かいますね。……落ち着いたら殿下の夢を一つ一つ叶えていきましょう」

アルバラートがそう言って笑う。その笑顔に、エステファニアは胸が苦しくなった。

自分こそ、アルバラートに夢があるのなら叶えてあげたいと思う。彼のために何かしたいと思う。――自分にできること全てで。

だが、まずは夫となった男に、一つ言いたいことがある。

「殿下はやめてちょうだい。アルバラート。私はもう王女ではないわ」

アルバラートとともに、婚姻の届出書に署名してから王宮を出た。よってエステファニアは王家から抜け、もう王女ではない。ぴしゃりとそう言って唇を尖らせれば、アルバラートは少々目を見開いて、それから困ったように笑った。

「そういえばそうですね。ではエステファニア様とお呼びいたしますね」

それでは足りない。できるならば気安く呼び捨ててほしい。そう思ったが、あまり最初から多くを求めすぎるのも欲張りかもしれないと、エステファニアは素直に頷いた。

なんせエステファニアはまだ若い。時間ならばたくさんあるのだ。ここはひとつ長期戦で臨むべきだろう。

そして到着した公爵家の王都別邸は、王宮で育ったエステファニアの目から見ても、壮麗な屋敷であった。

「おかえりなさいませ。旦那様。奥様」

玄関を開ければ、使用人たちが左右それぞれに整列した状態で迎えてくれた。

一糸乱れぬその様子に、エステファニアは感嘆し、そしてかけられた「奥様」という甘美な言葉に、きゅんと胸が締め付けられ、つい身悶(みもだ)えてしまう。

「――おい、ベルナルド。いくらなんでも奥様はないんじゃないか……?」

だが執事の男に苦り切った顔で抗議するアルバラートに、浮ついていたエステファニアの心は一気に沈む。

やはり自分のような子供が『奥様』などと、彼は恥ずかしくて認めたくないのかもしれない。

「では、何とお呼びすればよろしいでしょうか？」

執事のベルナンドに問われ、アルバラートは軽く考え込む。

「普通にエステファニア様とお名前でお呼びすればいいんじゃないか。エステファニア様だってその若さで奥様なんて呼ばれたくないでしょう？」

アルバラートからそう問われたエステファニアは、ぱっと顔を上げ思わず反射的に答えた。

「……私、奥様がいいわ！」

「そうでしょう？　流石にその歳で奥様なんて、まだ呼ばれたくないですよね……って、え？」

「奥様って呼ばれたい。だって、私、アルバラートの妻なんでしょう……？」

頬を赤らめて、目をうるうると潤ませながら必死に言い募るエステファニアを見て、なぜか執事と使用人達は身悶えしている。

「だから、これからはアルバラートのことを旦那様って呼んでいいかしら……？」

アルバラートの上着の裾をきゅっと手で握り、上目遣いで勇気を出して恐る恐る請う。

『可愛い……‼　可愛いすぎます！　うちの奥様……！』

などというひそひそ声が聞こえ、使用人達が身悶えている。エステファニアの頬はさらに赤くなった。やはりおこがましかっただろうか。

あまりのことになにも言えなくなり、口をパクパクさせている主人（アルバラート）を呆れたように見やり、仕事のできる執事は口を開いた。

「それでは、奥様。私はベルナンドと申します。この公爵邸で先代の頃より執事を努めさせていただいております。長い移動でお疲れでしょう。お茶をご用意しましょうね」

ベルナンドは微笑んで、エステファニアを再び奥様と呼び、屋敷の奥へと促した。

「……ありがとう」

そう言ってホッとしたように微笑むと、エステファニアは彼に促されるまま歩き出した。

「え!?　ええ??」

一人納得いかない様子のアルバラートをその場に置いて。

公爵家の本邸であるファリアス城はその領地にあり、この王都にあるのは別邸（タウンハウス）である。アルバラートは現在文官として王宮に勤めているため、基本的にはこの別邸で暮らし、領地には年に数度戻っているそうだ。

光のよく入る明るい部屋で、重厚だが柔らかく座り心地の良い長椅子に腰を沈ませたエステファニアは、これからお世話になる執事のベルナンドを見つめた。

年齢は老年に差し掛かったところだろうか。白いものの混じった頭髪は隙なくきっちりとまとめられており、着ている執事服も汚れや皺一つなく清潔感に溢れている。優しげな目元が印象的だ。信頼できそうな人物であると判断する。

それから周囲を見渡す。全体的にやはり王宮よりは華やかさに欠けるが、歴史ある重厚な佇まいで、落ち着く雰囲気である。

家具や床は綺麗に磨かれており、使用人達によってしっかりと管理維持されていることがわかる。ベルナンドは優秀な執事なのだろう。

お茶が運ばれ、ベルナンドが手ずからエステファニアの前に淹れたお茶を置いてくれた。洗練された、流れるような所作がなんとも美しい。

さすがは先代の公爵から仕えている、熟練の執事である。渡されたカップの中の、綺麗な琥珀色の水面を見ながら、エステファニアはホッと息をついた。

「ベルナンド、でしたわね。慣れないことが多くて迷惑をかけることもたくさんあると思うけれど、これからよろしくね」

エステファニアが微笑みを作って丁寧に頭を下げると、ベルナンドは少し驚いた顔をして、それから嬉しそうに笑った。

「正直なところ、王女殿下が当家へ嫁いでこられると聞いて、少々不安もあったのですが、奥様のようなお可愛いらしい方がいらっしゃって、使用人一同、大変喜んでおります。それから、私などに頭を下げずとも結構ですよ。どうぞ、堂々としていてくださいませ」

社交辞令なのかもしれないが、温かな歓迎の言葉にエステファニアは緊張が解ける。

「ありがとう。ベルナンド。私、アルバラートを幸せにしにきたの」

そして真剣な面持ちで突然そんなことを宣言したエステファニアに、ベルナンドは驚き目を見開く。一般的に女性ならば、幸せにしてもらいたいと思うものなのではないのだろうか。

「そのためだったら、何だってする。だから協力してくれたら嬉しいわ」

その目にあるのは、強い覚悟と深く純粋な思慕だ。この小さな元王女は、アルバラートのことを深く想っているのだと、ベルナンドは気付く。

「そうですか。わかりました。この爺にできることがあれば、おっしゃってください」

必死なエステファニアが何とも健気で愛らしく、ベルナンドは微笑ましく見つめる。

主人は彼女をまだ女性としては意識していないようだが、こんな奥様なら悪くない。

「ありがとう。……それではまずアルバラートの好みな女性の傾向と、できればこれまでの女性遍歴を教えてほしいの。それらの情報を元にして今後の戦略を練りたいのに、アルバラートったら教えてくれないのよ。あなたはアルバラートが子供の時からそばにいるのだから、何か知っているわよね？」

ベルナンドの穏やかな鉄壁の微笑みが、わずかに引きつった。随分と研究熱心な奥様のようである。流石に主人の繊細(センシティブ)な情報を許可も得ずに暴露するわけにもいかず、ベルナンドはその前に公爵夫人として知っておくべき情報があるとかなんとかエステファニアをけむに巻き、ファリアス公爵家についての説明を始めた。

確かに最初からがっつきすぎたと、エステファニアも素直に彼の話を聞く。

「領地にあるファリアス城では、私の息子が城代(じょうだい)をしております」

「それでは、いずれ私も領民たちに挨拶しに行かなくてはね」

エステファニアは領主夫人としての仕事を頑張ろうと意気込む。そんな彼女を、ベルナンドはやはり慈愛の目で見つめる。

いささかずれたところはあるが、一生懸命な様子がなんともいじらしい。

「大丈夫ですよ。エステファニア様はそんなこと気になさらなくても。まだあなたは幼くていらっしゃる。しばらくはこの屋敷でのんびりとお過ごし下さい」

すると、ようやく気を取り直したらしいアルバラートが追いかけてきて、エステファニアの横に腰を下ろし、会話に交じってきた。

どこまでも妻として認めてもらえていない気がして、エステファニアは気が滅入(めい)る。

年齢を理由に本来するべき義務から遠ざけられることは、それが責任の伴うものである以上、仕方のないことなのかもしれないが。

庇護される子供扱いを嬉しく思う反面、やはり悔しさがつきまとう。

彼女のその複雑な胸の内に気付いたのだろう。ベルナンドは主人を呆れたように一瞥する。

我が主人は、優秀な人間であるはずだが、どうやら女心を察する能力は低そうだ。

優秀な執事はエステファニアを見つめ、安心させるように笑みを浮かべた。

「時間ならたっぷりございますよ。少しずつ前に進みましょう。エステファニア様。今日から
ここが、あなたの家でございます」

ベルナンドの言葉に、エステファニアの心に温かいものが溢れた。そっとアルバラートを伺
えば、彼も嬉しそうににこにこと笑っている。

(ああ、私、ここにいてもいいのね)

すとんと胸に落ちてきた事実に、嬉しくてエステファニアは目頭が熱くなった。

「うわ！　どうなさいました？」

突然ぼたぼたと涙を流し始めたエステファニアを見て、アルバラートが慌てる。

「旦那様が何かしたんじゃないですか？」

主人に対し酷いことを言いつつ、ベルナンドも心配そうにこちらを伺ってくる。

「ごめんなさい。なんでもないの。ただホッとして……」

久しぶりに居場所を得たという安堵なのだと。そう言って泣きながら笑えば、二人も同じく

安堵した顔をして笑った。

お茶を飲みつつしばらく談笑をした後、二人はエステファニアの部屋に案内してくれた。

エステファニアに与えられた部屋は王宮で暮らしていた部屋よりも広く、日当たりもよく、そして品のいい薄い桃色のリネンと白木の家具でまとめられていた。

なんとも可愛らしい部屋だ。おそらくアルバラートがエステファニアの好みに合わせて用意してくれたのだろう。愛らしい人形やぬいぐるみまで並べられている。もちろん誕生日にアルバラートから贈られた巨大な熊のぬいぐるみも、寝台にでんと鎮座していた。

エステファニアは一目見て、明るい光の入るこの部屋を気に入ってしまった。

だが、それでもどうしても気になったことがあった。

「ここって、明らかに子供部屋よね……」

そう、明らかに公爵夫人の部屋ではない。本来であれば、夫人用の部屋は主人であるアルバラートの部屋の隣にあるはずである。

「だって、エステファニア様はまだ子供ですから」

笑いながら言うアルバラートの残酷な言葉に、エステファニアはまた落ち込んだ。

「慌てる必要はありません。名目上、あなたは僕の妻ですが、まだ年端のいかない子供でもあるんです。今すぐあなたに僕の妻の役割を押し付ける気はないのですよ」

アルバラートの言っていることはよく理解できる。確かにエステファニアはまだ十三歳になったばかりの子供だ。栄養不足の状態が続いたからか、実年齢よりもさらに幼く見え、月のものすらまだ来ていない子供だ。

しばらくは後継を産むこともできないし、公爵夫人として社交や家政を取りまとめることも、この幼い容姿では難しいだろう。

「だからあなたは僕を保護者だと思って、僕のそばで、ゆっくり大人になれば良いんです」

そう優しく笑うアルバラートに、エステファニアは素直に頷くことしかできなかった。

(——保護者なんかじゃないわ)

その思いが強く胸を焼く。けれど今はまだ、所詮保護者と被保護者の関係でしかない。

自分はまだ、ただ守られ、与えられるだけの存在だ。

(早く大人になりたい。アルバラートの役に立ちたい。アルバラートに必要とされたい)

与えられるだけでは嫌なのだ。与えられた分、彼に何かを返したいのだ。対等な立場になりたいのだ。

(だって、大好きなんだもの)

自分にとってのアルバラートのように、彼の、大切な存在になりたい。

(そう、これは恋だわ)

エステファニアは自覚する。

――だってこの感情の名前を、それ以外になんと呼ぶというのだろう。

だからこそ、名実ともに彼の妻になるために、ゆっくりなどしていられない。

エステファニアは口に出せない願いを胸に、夫を見つめていた。

第三章　巻き込まれ体質な公爵

「んん……っ！　くすぐったいよ、シルフィ」

柔らかく温かな感触を腹の上に感じ、ファリアス公爵アルバラートは軽く呻いて身を捩った。

シルフィは気位が高く、気まぐれでわがままなお嬢様だ。我が物顔でこの公爵邸を闊歩し、普段は大体無視をするくせに、気が乗った時だけアルバラートに擦り寄り、そして寒い時はこうしてアルバラートの寝台に潜り込んで暖をとるのである。

「ダメだよ。困った子だなあ」

まぁ、そんな抗議をしたところで、彼女はアルバラートのいうことなど聞きやしないのだが。

するとびくりと腹の上の温かな塊が震える。仕方がないな、とアルバラートは手を伸ばし、その頭を撫でてやった。さらさらと指通りの良い感触。シルフィとは違う、芯のある手触り。

（あれ……？）

寝ぼけていたアルバラートはここでようやく違和感を持った。シルフィと思ったが、そんなはずはない。

——なぜなら、シルフィは。

（五年前に老衰で死んでしまったのに？）

彼女はずっと、幼い頃に母をなくしたアルバラートの心の拠り所だった。失った時、どれほどの衝撃だったか。

我に返って、慌てて布団を持ち上げてみれば、そこには恨みがましい目でこちらを見ている幼げな美少女。

「……エステファニア様。こんなところで一体何をなさっておられるので？」

聞かなくてもわかるが、眉間を揉みつつ一応は聞いてみる。すると少女は不服そうに片眉を上げた。

「夫婦とは同衾するものなのでしょう？　ならば、妻たる私がここにいることに何の問題があるというのです？　ええ、でもまぁそんなことよりも」

きらりとエステファニアの少し眦の上がった大きなアーモンド型の瞳が光る。やはりそんなところもシルフィに似ていると、アルバラートは現実逃避気味に思った。とにかく自分はこの目に弱いのだ。

「――シルフィとは一体どなたなのかしら？　旦那様」

有無を言わさぬ様子でエステファニアがアルバラートの寝台に潜り込んでくるのは、実はこれが初めてではない。

エステファニアは使用人たちに夫婦とは何をすべきなのかを事細かに聞き出し、それの通りに行動してくるのだ。

そして夫婦とは同じ寝台で過ごすものだと、誰かが迂闊にも口を滑らせたために、こうしてアルバラートの寝室への猛攻が始まった。

アルバラートには未成熟な子供に欲情する性質はない。よって、エステファニアを欲望の目で見ることはない。だが、男には色々とあるのである。そう、朝の生理現象とか。

（勘弁してくれ……）

思わず天井を仰げば、彼の体を四つん這いの状態で跨いでいるエステファニアが手を伸ばし、ぐいっと彼の顔を自分の方へ向ける。

「旦那様。まだ私の質問に答えてなくてよ？　シルフィとはどなた？」

体を締め付けないネグリジェの、大きく開いた襟ぐりから、ほんの少し膨らんだ乳房がちらりと見えた。艶やかに自分の胸元へと滑り落ちる長い黒髪。そして、暗がりの中でも浮き上がって見えるほど白い肌に、華奢な身体。なにもかもが背徳的で美しい。

（…………勘弁してくれ……！）

自分に少女愛好の趣味はないのである。ないといったらないのである。見惚れてなどいない。

キリキリと痛む胃をさすり、アルバラートは口を開いた。

「……シルフィとは僕が子供の頃から飼っていた猫の名前ですよ。しなやかな漆黒の体にエメラルドの目をした気位の高い女の子でね」

エステファニアは目を瞬かせた。アルバラートはその滑らかな額を指先でこつりと小突く。

すると彼女は少々後ろめたそうな顔をして、そっぽを向いた。

そんなところも、いたずらを咎められた時のシルフィにそっくりである。

「だって、手綱をしっかり握っておかないと、夫は浮気をするものだっていうから」

誰だ。そんなことを教えた奴は。アルバラートの眉間に深い皺が寄った。

「そんなことをあなたに吹き込んだのは誰です？」

「この前本で読んだのよ。次々に浮気を繰り返す夫に苦しむ伯爵夫人の話で――」

誰だ。そんな本を渡した奴は。公爵家の書庫にそんな浮ついた本はないはずだから、おそらくは使用人の誰かであろう。

エステファニアはここ最近、やたらと恋愛小説ばかりを読んでいる。年頃らしい娯楽と微笑ましく思っていたが、聞いてみれば参考資料だというから恐ろしい。

一体なんの参考にする気なのか。それを考えると、やはりまたアルバラートの胃がしくしくと痛む。

これ以上エステファニアの攻勢が強まってしまうのは流石に厳しい。今ですらアルバラートは日々のらりくらりと必死に躱(かわ)しているというのに。

だが、アルバラートはそんなエステファニアに強く注意することはできなかった。何故ならば。

（おそらく、また捨てられることへの恐怖なのだろうな）

王宮での過酷な生活のせいで、エステファニアは今の生活を失うことをひどく恐れているのだろうとアルバラートは考えていた。

だからきっと、これは恋ではないのだ。捨てられまいと必死に保護者の気を引こうとする、いわば生存本能のようなもので。

アルバラートは彼女を憐れみ、その黒髪をそっと撫でてやった。するとエステファニアは、うっとりと目を細め、調子に乗ってさらに熱く最近読んだ恋愛小説について語り始めた。

「昨日は身分ある男にやり逃げというのをされたら、子供が出来てしまって、仕方なく母子で強く生きていこうと決意したところで、なぜかやり逃げしたはずの男が追いかけてくるという設定の本を読んだの。思わず主人公に感情移入して涙ぐんじゃったわ」

「…………」

本当に誰だ。彼女にそんな本を貸したのは。

アルバラートはとうとう天井を仰いでしまった。しかもその本のどこに彼女が感情移入する要素があったのか。アルバラートは震え上がる。

これはもう使用人達に、エステファニアには適正な本を貸すように指導せねばなるまい。

「……ちなみにその本は誰に借りたのです？」

「公爵夫人の部屋の本棚にあったのよ。多分アルバラートのお母様の持ち物ではないかしら？」

犯人はまさかの亡き母だった。アルバラートは何も言えなくなり、頭を抱えた。

そういえば病弱な彼女は良く寝台で本を読んでいた。あの頃はまさかそんな俗っぽい内容の本だとは思っていなかったが。

知らなかった母の一面を知ってしまい、少々複雑な気持ちになる。

「……今度、エステファニア様に合った本を持って参りますね」

「まだ読めていない本がたくさんあるから大丈夫よ」

「大丈夫ではありません。年相応の本を読みましょう」

アルバラートは、また子供扱いすると唇を尖らせるエステファニアを抱き上げて、自分の横に寝かせる。

（よし、このままとっとと寝かしつけてしまおう）

「ほら、まだ朝まで時間はあります。寝ましょう。成長に睡眠は大切なのですよ」

早く大人になりたいのでしょう？　そう言い聞かせて、優しくエステファニアの背中をトントンと等間隔で叩いた。

最初こそふくれっ面をしていたエステファニアであったが、強がりは続かず、アルバラートの手管によってそのままうつらうつらと瞼を落とし、眠ってしまった。

幼いその寝顔はとても愛らしい。アルバラートの大切な大切な仔猫。

（……ああ、可愛いなあ）

その顔を慈愛に満ちた目で眺めながら、アルバラートは彼女との出会いを思い出していた。


（面倒なことだな……）

国王からの命令を思い出し、アルバラートは深い溜息を吐いた。今日も胃が痛い。

『近く、お前に王女を降嫁させる』

執務中に王から仕事の話のついでのように命じられた内容に、思わずアルバラートは「はあ」と間抜けな答えを返してしまった。

　現在このエルサリデ王国で、王女の号を持っているのはただ一人。

　妾腹のエステファニア王女殿下だ。それは分かっている。だが、アルバラートはすぐには理解できなかった。——何故ならば。

「陛下。恐れながら王女とは、エステファニア殿下のことでしょうか？」

「それ以外に誰がいるというのだ。お前の自慢の優秀な頭脳はどうした」

　王から呆れたような視線を受け、アルバラートは内心頭を抱えた。

「えーっとですね、只今お誉めいただいた優秀な僕の記憶が正しければ、エステファニア殿下は確か御歳十二歳であらせられたような気がするのですが……」

「ああ、確かそのくらいだったか。それで？　何か問題でもあるのか？」

　大有りである。アルバラートは思わず天を仰いだ。王女殿下はまだ完全に子供ではないか。

「陛下、僕、今年で二十二歳なのですが。それ、理解しておられます？」

「ふん。十歳程度の歳の差夫婦など、別に珍しくもなんともあるまい」

「そりゃ二十二歳と三十二歳ならさして問題ないでしょうが、十二歳と二十二歳じゃ大問題な気がするんですが。僕の気のせいでしょうか」

「気のせいだな。それに別に今すぐあれを寝台に連れ込めと言っているわけではない」

「当たり前です！　僕にそんな倒錯した趣味はありません」

アルバラートはいたって健全な趣味嗜好の持ち主である。それにしても実の娘に対して「あれ」とは、なんという言い草か。聞いているだけで胃がしくしくと痛む。

「そう、白い結婚でいい。早急にエステファニアを王宮から出す名目が必要でな」

「王女殿下を、ですか？　まったく公の場にお出にならないので、殿下が今、どういった状況にあるのかは存じ上げないのですが」

　エステファニアは、かつて王が愛した愛妾セラフィーナの娘だ。

　セラフィーナは王からの寵愛を一身に受けながら、常に控えめで、表に出ることを好まず、娘と共に、王宮の奥深くで静かに暮らしていた。

　セラフィーナの死後も、母と同じように、エステファニア王女は王の妻子が住まう薔薇の宮から一切出てこない。

　王は王妃からの要望で、王女を王宮から追い出すのだろうか。

　王妃は大国の皇女らしく気性が激しく、全てを思い通りにしたがる傲慢な女だ。血の繋がらぬ娘など、きっと目障りに違いない。

「では許可を出そう。明日にでも薔薇の宮まで行き、お前の未来の妻を自分の目で確かめてくるといい」

王は何かを含むように薄く笑った。アルバラートは今度は頭痛がして、額を軽く押さえた。

王がそう命じた時点で、この結婚は決定事項である。王に気付かれぬよう、アルバラートはそっと深いため息を吐いた。

その後、粛々と仕事を終え、帰途につく。

「おかえりなさいませ。旦那様」

「ああ、今帰った」

屋敷に入り、いつものように慇懃に腰を折る執事のベルナンドに外套を渡し、自室に戻ると、長椅子に座り、背もたれにぐったりと凭れかかる。

「疲れたな……」

今日も王に散々こき使われた。精神的重圧できりきりと胃が痛む。過労死しそうだ。

だが、それでもアルバラートの頭は、思考を途切れさせせない。

この屋敷に王女殿下を受け入れるのであれば、早急にその準備をせねばなるまい。

――さて、何から手をつけるべきか。

「お疲れ様でございます」

ベルナンドがお茶を運んできてくれる。いい香りに少しだけ気分が浮上した。

ああ、そうだ。ここの家政を任せている以上、彼にも伝えねばなるまい。

「……なあ、ベルナンド」

「はい。なんでございましょう」

「——僕、結婚することになった」

すると、ベルナンドがわずかに目を見張る。普段あまり感情を見せない彼にしては珍しい。

アルバラートは少し楽しくなってきた。

「マリアンナ様……ではございませんね？　一体どちらのご令嬢と？」

「ふふ、聞いて驚け。なんと、王女殿下とだ」

ベルナンドが、さらに不可解そうに眉を下げる。アルバラートは噴き出しそうになるのを必死にこらえた。

「王女殿下……。と申しますと、どちらの国の王女殿下でございますか？」

「我がエルサリデ王国の王女殿下に決まっているだろう」

「我が国の王女殿下……というと、確か、エステファニア王女殿下、でしたか」

情報通のベルナンドであっても、彼女の情報はほとんど持っていないらしい。額に手を当てて、考え込むような仕草をしている。

「そう。なんと、御歳十二歳であらせられる」

「………っ！」

ベルナンドの口が、顎が外れたように大きく開かれる。流石にこらえきれなくなったアルバラートは声を上げて笑ってしまった。

そして、笑いすぎて渇いた喉を潤そうと、お茶を口に含んだ瞬間、ベルナンドの顔が悲痛に歪んだ。

「たった十二歳の少女を妻になど……！　爺は旦那様をそんな鬼畜な所業をする男に育てた覚えはございませんぞ……！」

「ふぐっ……！」

アルバラートは、思わず口に含んだお茶を吹き出しそうになった。

なにやら大いなる誤解が生じているようだ。自身の名誉を守るため、アルバラートは口の中のお茶をなんとか飲み込むと、慌てて事情を説明した。

「違う！　もちろん政略結婚だ！　陛下からのご命令なんだって！　流石に僕に十二歳の少女を恋愛対象にする倒錯した趣味はないぞ……！」

寝台に連れ込む気などないのだと言えば、よよよ、と泣く真似をしていたベルナンドが、すぐにけろりと顔を上げる。どうやらわかっていて演技をしていたようだ。食えない爺である。

「それはよろしゅうございました。坊っちゃまを変態に育ててしまったと、命を以て先代にお詫びせねばならぬと思い詰めましたよ。……それで、奥様となられる王女殿下はどのようなお方なのですか？」

たった十二歳の少女が「奥様」とは。その倒錯した状況に、いよいよアルバラートの頭が痛くなる。

「実は僕もまだお会いしたことはないんだ。明日、お会いしてくる予定だよ」

「そうですか。ではお会いになりましたら是非お話をお聞かせ願います。王女殿下をお迎えするにあたりまして、部屋の改装も行わなければなりませんし、ほかにも色々と用意がございますので」

「ああ、客室を一室、若い女の子用に改装してくれ」

「……公爵夫人の部屋ではなく？」

「当たり前だろう？　その年齢で男の部屋と扉一枚で繋がっている部屋に入れられるなんて、嫌に決まっているだろうが」

王の命令とはいえ、突然見知らぬ男の妻にされるたった十二歳の少女の心を思い、アルバラートは暗い気持ちになった。胃とともに心までもが痛む。

「セラフィーナ様に似ておられるのなら、さぞかしお美しい方なのでしょうな」

「陛下にそっくりの可能性もあるがな」

「どちらにしても、お美しいことに違いはないでしょうが」

整っているとはいえ、いつも不機嫌そうにしている王の顔を思い出し、アルバラートは思わず眉間に皺を寄せてしまった。仕事でも私生活でもあれと同じ顔が常にそばにあるのは、なかなか辛いものがあるな、などと考えてしまう。だがそんなことよりも。

「でもこの屋敷で、のびのびと過ごさせてあげたいな。ちゃんと、子どもらしい時間を与えてあげたい」

病弱ながらも優しい母と、厳格ながらも愛情深い父に見守られながら、やんちゃに過ごした子供の頃の時間は、アルバラートにとって今でも宝物だ。

できるならば、幼くして母を失い、大人の事情に巻き込まれ、生家から追い出されてしまう王女にも、そんな時間を与えてあげたい。

「旦那様としては、本意ではないのでしょうが、幼い少女を一から自分好みの女に育て上げると言うのも、なかなか乙なものでございますよ。一種の男の夢と申しますか」

「おい、ベルナンド。お前の方がよほど鬼畜なことを言っているからな。憲兵に引き渡すぞ」

「いえいえ、私はどちらかと言えば成熟した大人の女性が好みですゆえ」

「知りたくもない情報の提供をありがとうよ……」

軽口を叩きあうと、困った主従は力なく笑いあった。

その次の日、仕事を終えたアルベルトは、王の許可を得て、本来なら足を踏み入れることができない薔薇の宮へと向かった。

季節の変わり目だからか、夕方になって突然雨が降り出し、春の終わりだというのに少し肌寒い。

そして宮内を案内してくれた女官に、アルバラートは聞いた。

「エステファニア王女はどちらにおられる？」

その言葉に女官は驚き、それから青ざめた顔で「申し訳ございません。存じ上げません」と首を振った。

王女の居場所を知らない、とは一体どう言うことだ。職務怠慢も甚だしい。アルバラートは眉をひそめた。何人か他の女官にも話を聞いてみるが、誰一人としてエステファニアの居場所を知る者がいない。それどころか、王女の部屋へ案内しようともしない。

「あの、エステファニア様は非常に行動的な方ですので、おそらくどこかに遊びに行かれているのかと……。ですから今日は……」

女官たちは、なんとかアルバラートを言いくるめ立ち去らせようとする。これは何かあるのだな、とアルバラートは思った。この雨の中、十二歳の少女が進んで外に遊びに行くとは考え難い。

「わかった。では僕が捜してくる。お前たちも捜せ」

そう言い放つと、アルバラートは雨の中、飛び出した。

空が厚い雲に覆われ薄暗く、視界が悪い。眼（め）を凝らしながら捜していると、しばらくして激しい雷鳴の後、か細い小さな悲鳴が聞こえた。

「きゃあっ……！」

明らかに幼い子供の声だ。目的のエステファニア王女だろうか、とアルバラートはその声の元へと足を向ける。

やがて、薔薇の木陰から、薄汚れたドレスの裾と、真っ白な細いふくらはぎが見えた。

「……そこにいるのは誰だい？」

声をかけてみれば、驚いた彼女はまるで狩猟者に見つかった野生の獣のように、すぐに立ち上がり、走り出そうとする。

だが地面のぬかるみに足を取られ、派手に転倒した。

慌てて助け上げようとするが、泥の中からこちらを恐る恐る見上げてきた、その菫色の瞳に打たれ、動けなくなった。まるで、何もかもを見透かされているような、透明な瞳。

王によく似たその色に、やはり彼女がエステファニア王女なのだと確信する。

助け起こそうと、その細すぎる腕をとったところで、鋭い痛みが手の甲に走った。

そこには赤い三本の筋が走っていた。痛みで手が緩んだ瞬間、王女は身を翻し、小さくて合わない靴を脱ぎ捨てると、まるで野生動物のように素早く逃げ出した。

引っ掻かれたのだ、と気付いた時点で、思わず笑ってしまった。まるで人に慣れていない仔猫のようだ。かつて我が家にいたお姫様のような。

そして彼女を追いかける。折れそうな細い足で、驚くべき速さで逃げていく彼女に驚嘆する。

だがアルバラートは狩りの要領でそのまま彼女を壁の方へと追い込む。やがて逃げ場を失った王女は、諦めたように濡れた地面に頽れた。

そんなエステファニア王女をじっくりと見つめてみれば、彼女は驚くほど痩せていた。骨は浮き、頬は痩けて、身丈の足りないドレスを身に纏いながら、身幅は酷く余っている。

そのドレスは古く、汚れて擦り切れており、彼女が母の死後一切衣装を与えられていないことを物語っていた。

必死で足りぬ裾を引っ張って、むき出しになったふくらはぎを隠そうとする姿はなんともいじらしく、哀れだった。

けれど、そんな状態であっても、母譲りの儚げな美貌は隠しきれず、父譲りの菫色の瞳は理知的な光を宿していた。

彼女は不思議そうな顔をして、アルバラートを見つめ返す。

「……あなたには、わたくしがみえるのね」

エステファニアがこぼしたその一言で、彼女の置かれた状況が大体把握できてしまったアルバラートは、思わず顔を顰めた。

恐らく、ここにいる誰もが彼女の世話をせず、言葉も交わさず、その存在をなきものとしていたのだ。

（なるほど、随分とえげつない）

おそらく王妃の仕業なのだろう。夫が愛した女の娘を苦しめたいという、一心。

助けてやりたいと手を差し伸べれば、エステファニアは彼を凛とした目で睨みつけた。

――憐れみなどいらない。

そう、その菫の瞳が語っている。彼女の気高さに圧倒されて、アルバラートは感嘆の溜息を吐く。

（……大したものだ）

こんな状況にあっても、彼女の心は折れていない。そのことを、奇跡のように思う。

そして、なるほど、とアルバラートは納得した。

故に王はこの王女を、アルバラートの元に避難させるつもりなのだ。

そんなエステファニアを前に、自然と膝が折れた。彼女の前に跪き、アルバラートは笑う。

「……お目にかかれて光栄です。エステファニア王女殿下。僕はファリアス公爵家当主、アルバラートと申します」

(――うん。彼女が妻なら、悪くない)

それがたとえ、保護のためであっても。

そしてアルバラートは、自らの手に恐る恐る置かれたエステファニアの小さな手を握った。

最初こそ警戒心の強い様子を見せたエステファニアであったが、構ってやるたびに猫のように少しずつ懐いてくれた。

似合いそうなドレスを贈れば、恥ずかしそうに着て見せて、くるりと回ってくれた。

可愛らしいぬいぐるみを贈れば、抱きしめて嬉しそうに笑ってくれた。

「……なんかこう、父親になるってこんな気持ちかなって」

屋敷に帰ってエステファニアと過ごす時間についてうっとりと語るアルバラートに、執事のベルナルドは苦笑する。

「それはよろしゅうございました」

「もう、嫁にやりたくないっていうか、うちの子はどこにもやらんっていう気になるというか」

「……嫁にやるも何も、そもそもエステファニア様は、旦那様の奥様におなりになるのでしょう?」

「うわ、そうだった。忘れてた」

「しっかりなさってくださいませ」

いまいち不安の残る主人に、ベルナンドは溜息を吐く。

おそらく自分のことを保護者だと思っているのは、アルバラート本人だけだろう。

「ああ、早くこの家に連れて帰りたいな」

王には降嫁のことを、直接自分でエステファニアに伝えるように進言した。

彼は非常に不服そうな顔をしていたが、粘ったところ最終的には承諾した。

それくらいのことはしてほしい。できるなら、エステファニアに自分は父親に捨てられたのだと、思ってほしくはなかった。

「でも陛下はなんであんなに可愛い子を、遠ざけたりしたのだろうな」

アルバラートがぼやけば、ベルナンドも眉をひそめる
アルバラートはエステファニアに会ってすぐに、王にエステファニアが置かれていた劣悪な状況を詳細に報告した。

だが王は眉ひとつ動かすことなく、ただ一言。

「そうか」

とだけ言った。おそらく王は知っていたのだ。知っていて、今まで放置していたのだ。

「……セラフィーナ様に似すぎていたから、かもな」

だから、直視できなかったのかもしれない。愛した女にそっくりな娘を。

王妃が必要以上にエステファニアに辛く当たるのもまた、彼女が夫の愛した女にそっくりだったからなのであろう。

「では、エステファニア王女殿下は、さぞお美しい方なのでしょうでしょうね」

ベルナンドの言葉に、アルバラートはためらいなく頷く。若かりし頃、その美しさで、図らずも王の心を奪ってしまった、哀れな男爵令嬢（セラフィーナ）。

そんな彼女に瓜二つ（うりふた）のエステファニアである。年頃になったら、さぞ美しくなるだろう。

そして彼女の前に数多の男たちが跪くに違いない。

「くっ……！　だが、よほどの男じゃなければやれん……！」

「……ですから、嫁に出すも何も、そもそも我が公爵家の嫁にきてくださるのですから。しっかりなさってください。旦那様」

すっかり娘のいる父親の気分になっているアルバラートに、呆れた顔でベルナンドは冷静な突っ込みを入れた。

第四章　穏やかで幸せな日々のこと

公爵夫人として過ごしたエステファニアの日々は、とても幸せなものだった。

結婚前にした約束を、アルバラートはひとつひとつ丁寧に誠実に守ってくれた。

公爵家での生活に慣れてきた頃、王都に連れ出してくれた。

お店を見て回って、買い物をした。何かしらの商品に目を留めるたびにアルバラートが買ってくれようとすることには困ったが、ただ与えられるのではなく、お金の額面や価値、その使い方を覚えて自分で商品を選ぶことが新鮮で、とても楽しかった。

王立劇場に芝居を観に行くこともできた。上流階級の人間が使うというボックス席に入って、運命に引き裂かれる恋人同士の悲恋を描いた作品を見た。

やたらとヒロインに感情移入してしまったのは、自分が今、隣にいる夫に恋をしているからなのか。

王の腹心の臣下であるアルバラートはいつも忙しそうにしていたが、たまの休みの日はいつもこうしてエステファニアのために、その時間を使った。

もちろん大切な夫を扱き使う父に対する心証は、地を這うばかりである。

アルバラートはエステファニアの手を引いて、もの知らぬ彼女に色々なものを見せてくれた。

「ほら、エステファニア様。ご覧ください」

そう言って彼が指差したものを見る瞬間が、エステファニアはとても好きだった。

王宮で、エステファニアが戯れに並べた願いは、そのほとんどが彼の手によって叶えられることとなった。

だが、それでも未だに叶えられない願いが一つだけあった。

そのことを伝えられたのは、公爵家に来て一ヶ月が経とうとしていた時のことだ。

仕事が休みだったアルバラートに連れ出され、馬車に乗って、王都の中心にある、国が管理している広大な面積の公園へ向かった。

その国立公園にある噴水は、王都で暮らす民の憩いの場となっており、前々からエステファニアが訪れてみたいと望んでいた場所だった。

アルバラートとともに見た噴水は、壮麗で美しかった。

「なんて素敵なの……！」

まるで生きているかのような質感の、大理石でできた彫刻群の中心に、膨大な水量を使った噴水が吹き上がり、陽光に反射してキラキラと光る。

「創世記をモチーフにした彫刻ですよ。圧巻でしょう？」

アルバラートの言葉に、エステファニアはただ頷くことしかできない。

手を取り合う男と女の一対の像。その周囲を、翼ある者たちが祝福するように舞い踊ってい
る。

その彫刻は、肌に浮き上がる血管、風になびく髪一本一本まで精密に彫られており、互い
を見つめ合う男女の視線にぬくもりすら感じられるほどだ。

翼持つ者の、生き生きとした躍動感も素晴らしい。

その中心を小さな虹を作りながら、いくつもの水柱が噴き上がる。何とも幻想的な光景だ。

「すごいわ……！」

初夏の青空の下、エステファニアは目の前の光景に見惚れ、感嘆の声を上げる。

「話に聞いてはいたけれど、これほどとは思わなかったわ……！」

人の話や文字だけでは想像しきれなかった。実物を見て初めて分かるものもあるのだと、エ
ステファニアは感動した。王宮に籠っていたら一生知ることのなかったであろう、世界。

この噴水のモチーフになった創世記とは、この大陸で広く信じられている神の教典の一節だ。

神はまず男を作り、次にその伴侶たる女を作った。そして誕生した人間に、神は言った。

——互いを愛し、尊び、誠実であれと。

「エステファニア様……」

そんな教典の一節を思い出していたら、アルバラートに苦しげな声で呼びかけられ、エステファニアははっと我に返る。そして、弾かれたように隣に立つ彼を見上げた。

「あの、あなたの母君、セラフィーナ様のお墓のことなのですが……」

そう、何よりも先に、王宮を出たらそこへ行きたいと、エステファニアはアルバラートに言ったのだ。母に会いに行きたいのだと。

彼は快諾し、一緒に挨拶に行こうと言ってくれた。

だからきっと今日こそ、母の元へ連れて行ってもらえるのではないかと期待していたのだ。

アルバラートは何度も口を開きかけては閉じるを繰り返す。よほど言い辛いことなのだろう。

それを見ていたエステファニアの心も、重たくなっていく。——ああ、きっと、恐らくは。

「……王都内にあるすべての共同墓地を探してみたのですが、どうしてもセラフィーナ様のお墓は見つかりませんでした」

想像通りの答えに、エステファニアは唇を噛み締め、下を向いてしまう。

ならば、母の遺体は一体どこへ消えたのだろう。もし埋葬もしてもらえず、いずこかに打ち捨てられていたりしたら、エステファニアはこの世界の全てを憎んでしまいそうだった。

「お役に立てず申し訳ありません。エステファニア様はあんなにもセラフィーナ様に会いたがっておられたのに……」

「……全く、何の手がかりもないの？」

エステファニアは縋るように聞いた。アルバラートは苦り切った表情になる。

「陛下に一応伺ってはみたんです。エステファニア様とご挨拶したいので、セラフィーナ様の墓地の場所を知らないかと。そうしたら非常に不機嫌になられてしまって。窓の外を睨みつけたまま、その後しばらく口をきいていただけなかったのです。……おそらくは陛下がセラフィーナ様をどこかに隠しておられるのだと思うのですが」

流石にそれ以上は聞けなかったと、詫びるアルバラートに、エステファニアもそれ以上何も言えなかった。

「陛下はセラフィーナ様を深く愛しておられたから、独り占めなさりたかったのでしょう。ですからきっと、そんな酷いことにはなっていないと……」

アルバラートはしどろもどろにエステファニアを慰めた。

——何故、と思う。そこまで母を愛していたのなら、何故、と。

エステファニアの中で、落ちるところまで落ちている父の評価が、さらに落ちる。

そして、また美しい彫刻を見上げる。

神は男と女を支えあうように作ったという。一対のものとして作ったのだという。

だからこそ、この国で一度夫婦となれば、互いに厳格に貞節を求められるのだ。

それは何一つ間違ってはいない。正しいことだとエステファニアも思う。

けれどきっと、神が人間を作ったばかりの頃よりも、もしくは人間が神を作ったばかりの頃よりも、人は、少しばかり複雑な生き物になってしまったのだ。

互いに愛し合っていながら、道ならぬ関係になってしまった両親のように。

そして、逆に夫婦でありながら、複雑な関係になってしまった自分たちのように。

エステファニアは、もう一度隣に立つアルバラートを見上げた。

アルバラートは背が高く、小さなエステファニアは大きく首を上へ反らさなければ、彼の顔を見ることはできない。見下ろされる彼の空色の瞳は、いつもにも増してエステファニアへの労り（いたわ）に満ちていた。

胸を渦巻くこの憤りを彼にぶつけても、きっと彼は何も言わず受け入れてくれるだろう。

だが、泣いて誰彼構わず当り散らせるほど、エステファニアは子供ではなかった。

ぐっとこらえて、必死に笑みを作る。彼は、やれるだけのことをしてくれた。

「お母様を捜してくれて、ありがとう。アルバラート」

「……いいえ、お役に立てず、申し訳ありません」

きっと自分は、彼の妻としてふさわしくない。

けれどいつかは、神の望むような夫婦になりたいと思うのは、我儘だろうか。

――これが、政略結婚であることは、わかっているけれど。


それから、エステファニアとアルバラートは少しずつ家族になっていった。

挨拶をする。ともに食事をする。喜びや悲しみを共有する。

互いにそう遠くない過去に家族を失った者同士だ。失くしたものを埋め合わせるように、日々を過ごした。

そんなエステファニアの朝は、まず、アルバラートの寝台に潜り込むことから始まる。

アルバラートは日々疲れ果てて帰ってくることもあって、一度寝てしまうとなかなか起きない。よってエステファニアが潜り込んでも全く起きないのである。危機感のない夫である。

さらにはエステファニアが寝てしまった深夜遅くに帰ってくることも多く、この朝のひとときはエステファニアにとって確実に夫の顔を拝める大切なひとときなのである。

夫の寝顔をじっくりと見つめる。さらりとした銀の髪、彫りの深い顔。その何もかもが。

（格好いい……！　好き……！）

いくら見ても見飽きない。エステファァニアはうっとりとアルバラートの顔を眺めた。

それから彼の横に潜り込んで体を丸める。アルバラートはエステファニアの幼さを理由に絶対に寝台を一緒にしてくれない。だが、自分たちは王である父が認めた正式な夫婦である。

如何にもこうにもクズな父親だが、自分を彼の妻にしてくれたことだけは感謝していた。

というわけで、この行為は妻として正当なものなのである。エステファニア自身、やり過ぎかとも思うが、こうでもしないとアルバラートはエステファニアが自分の妻である事実を忘れてしまう。娘のように可愛がられてもちっとも嬉しくない。あくまで自分は妻なのだ。

そのままうつらうつらしていると、しばらくしてカーテンの隙間から陽光が差し込む。

「んん……？」

隣で眠るアルバラートが、軽く呻いて身じろぎすると、うっすらとその空色の目を開いた。

エステファニアは彼の体の上に乗っかって、そのぼんやりとした瞳をわくわくと覗き込んだ。

「おはよう！　旦那様！」

「おはよう……ございます。エステファニア様。今日も朝からお元気ですね……」

非常に辛そうな声のアルバラートが少々可哀想になるが、そんな困った顔の彼も可愛い。

なんせ恋は盲目なのである。寝ぼけたちょっと間の抜けた顔だって愛おしいのだ。

毎朝エステファニアが寝室に突撃するため、アルバラートから前ほどの抵抗は受けなくなった。不服ではあるようだが。さらに旦那様呼びも諦めたらしい。これもまた不服そうだが。

「目が覚めたなら起きてちょうだい。遅刻するわよ！」

「……というか、エステファニア様が乗っかっているから起きられないんですが」

それはそうである。エステファニアは慌てて彼の上から退いた。

だが退いてもアルバラートは上半身だけを起こしたきり、寝台から出ようとはしない。

「はやく行きましょうよ。ベルナンドが待っているわよ」

腕を引っ張るがそれでもアルバラートは手で掛布を押さえたまま、動こうとはしない。

「ちょっと待っていてください。もう少し落ち着いたら着替えて追いかけますから。先に行っていただけると……」

「また寝てしまうのではないでしょうね」

「大丈夫ですから……お願いですから……先に……」

毎朝こうして先に追い出されるのは解せない。なぜなのか。素直にすぐ起きて一緒に食堂に来ればいいのに。

だが、縋るような彼の声に、渋々部屋を出る。

そしてしばらく食堂で待っていると、少々不機嫌そうな顔をしたアルバラートがやって来た。

最初の頃は怒らせたかと不安に思っていたが、どうやら朝は基本的にいつもこの顔のようで、今はあまり気にしていない。

「ベルナンド……。頼むからエステファニア様が僕の寝室に入り込む前に止めてくれ……。」

「そうは申しましても旦那様、エステファニア様は仔猫のように俊敏で、なかなか捕まえられないのですよ？　大体ご夫婦のことですし、さすがに私などが口を出すわけには」

「男には朝、色々あるだろう……。まずいだろう……。お前だってわかるだろう……」

「何のことだか、この老体にはわかりかねますなあ」

「お前、絶対わかっててやってるだろう……！」

何のことだかエステファニアにもさっぱりわからない。だが今日も彼らは仲良しである。

「旦那様は、そんなに私が寝台に潜り込むのが嫌なの？」

少し寂しそうな表情を作ってみれば、アルバラートは慌てて首を横に振った。

「嫌というより、若い娘が男の寝室に入り込むのはよくないのではないかと思うのですよ」

「……私たち、夫婦なのに？」

「うっ……！　そこはほら！　なんというか、ねえ？」

何が「ねえ？」なんだかわからないが、アルバラートを困らせるのは本意ではないので、黙ってあげることにして、一緒に朝食をとる。

ちなみにエステファニアはもちろん、明日も彼の寝台に潜り込む気満々である。

なんせアルバラートの寝顔と寝起き顔は可愛いのだ。普段きっちりまとめられているキラキラとした銀の髪が、ぴょんと寝癖になっているのだって可愛いのだ。見ていると心がくすぐったい幸せな何かに満たされる。

本当は一般的な夫婦のように、夜から朝までずっと一緒の寝台で眠りたい。そうしたら、今よりもずっと長い時間を一緒にいることができるのに。アルバラートはエステファニアがまだ子供だから駄目なのだと言う。

そうやってアルバラートは、エステファニアをいつまでも子供扱いするのだ。

出会った頃は、それが居心地良かったはずなのに、最近ではそれがひどく苦しい。

二人で和やかに朝食を摂(と)った後、アルバラートは王宮へ出仕する。

玄関まで彼を見送りするのも、エステファニアの大切な仕事だ。

「行って参ります」

そう行ってアルバラートは、エステファニアの頬に軽く口づけを落としてくれる。

親愛の口づけだとわかっていても、エステファニアは嬉しくてたまらない。

そして差し出された頬に、口づけを返す。ちゅっと小さな音を立てれば、アルバラートは嬉しそうに笑ってくれる。

「行ってらっしゃい。旦那様。気をつけて！」

そう声をかけて、彼の馬車が見えなくなるまで手を振って見送るのだ。

さてその後、アルバラートが戻ってくるまでエステファニアが暇かといえば、全くそんなことはない。

毎日朝から夕方まで、みっちりと勉強の時間となる。

母が生きている頃には王族として最低限の教育を受けて来たが、亡くなった後は放置され、まったく勉強をしていなかった。

公爵家で教えられる内容は、数学や文学、礼儀作法や芸術などの一般的な教養のものから、経済学、政治学、法学、歴史学、何カ国もの外国語に至るまで、多岐にわたる。

それぞれに担当の教師が付き、厳しく徹底的に教えられるのだ。

もともと勉強は嫌いではなかったこともあり、エステファニアは砂に水が吸い込むように知識を吸収している。

（きっと公爵夫人になるには、これくらいの教養が必要なのだわ）

それらが明らかに一般的な貴族女性に対する教育ではないということに、世間知らずのエステファニアは気付いていなかった。

『なぜこんなに勉強しなきゃいけないの？』

あまりの教科の量に驚いて、最初の頃アルバラートに訴えたことがある。

『僕は、あなたの世界を広げたいんです』

するとアルバラートは、そう答えた。勉強とは、知識とは、新しい世界への鍵なのだと。

『エステファニア様。あなたの世界は狭すぎる』

エステファニアはアルバラートのその言葉を、自分が彼の妻になるために、足りないものなのだと考えた。

だから、彼の望む成果が出せればいつか、ちゃんと妻として遇してもらえるかもしれないと、そう考えたのだ。

よって、その一心で毎日必死に頑張って、与えられた膨大な課題をきちんとこなしている。

「お疲れ様です」

紙に必死で先ほどの講義の内容を書き綴(か つづ)っていると、ベルナンドが、小さな焼き菓子とお茶を出してくれた。

「ありがとう。ベルナンド」

礼を言って、クッキーを一つつまんで口の中に放り込む。勉強で疲れた頭に、糖分が染み渡った気がする。それから背もたれにもたれかかり、背中を伸ばす。固まってしまった場所に、血が巡って気持ちがいい。

だが、何故か今日は頭がぼうっとして、思考が定まらない。

「今日はどんな授業をお受けになったのです？」

ベルナンドが聞いてきたので、エステファニアはたった今書き上げた書付を見せる。それは最近の国際情勢についてだった。

「どうやら隣国であるアルムニア帝国が、追い詰められているそうよ。現在の皇帝は随分と愚鈍な方のようね。皇帝の浪費や悪政が祟って国庫が傾いているのを、国民に更なる税を課すことで立て直そうとしているみたい。皇帝のくだらない浪費のしわ寄せをされて、国民の間では不満が高まっているのですって……」

国内からこれ以上搾り取れないと判断した皇帝は、他国侵略をも考えていると噂されている。エルサリデ王国はアルムニア帝国の皇女を王妃としているため、侵略対象ではないだろうと言われているが、現在、受け入れ難い額の資金援助を迫られている。

「……もしかしたら、戦争が起きるかもしれないわね」

それを聞いたベルナンドも不安そうな顔をする。この国では長らく戦争は起きていない。

大国アルムニア帝国を囲むように、エルサリデ王国を始めとする中小規模の国々が並び、互いに牽制し合いつつも平和に過ごして来たのだ。

だから戦争というものについて、エステファニアは歴史の書物の中でしか知らない。

「このままアルムニア帝国のいいなりになって搾取され続けるのと、血を流してでも戦争をして自国の富を守るのと。……どちらが正しいのかしら」

これ以上の税を国民に課すのは難しい。アルムニア帝国に我が国の富を吸われ、自国民を飢えさせてしまったら本末転倒だ。

王である父が、現在難しい舵取りを迫られていることは、わかった。

「難しいですね。戦争とは劇薬です。現状を打開することも、悪化させることもできる。どちらになるかは飲み込んでみなければわかりません」

「何事もなく、平和に過ごせたら良いのだけれど」

「左様でございますね」

だが、当のアルムニア帝国国内でも反乱分子が数多く発生しているらしい。戦争が起きる前に国として自滅する可能性もある。

「確かに、学んで気付くことはたくさんあるわね」

知識を得るということは、今、目の前にある現実を突きつけられるということでもある。

だがエステファニアには、国際情勢よりももっと頭を悩ませる現実があった。

「ねえ、ベルナンド。私がこの家に来て、二年近くが経ったと思うのだけれど」

「左様でございますね。本当にお美しくなられて」

「それなのに、ちっともアルバラートとの間に進展がないような気がするのよ」

「……」

老年の執事は黙ってしまった。多分彼もそう想っているのだろう。

人生とはなかなかうまくいかないものである。全体的にそれなりに育ってきたと思うのだが、相変わらずアルバラートは、エステファニアを子供扱いし、ちゃんと妻にはしてくれない。

エステファニアは一つため息を吐いた。妙に気落ちする。朝から続く体の気怠さも抜けない。下腹部が酷く重い。

「……如何なさいました？　エステファニア様。どこかお加減でも？」

エステファニアの変調に気付いたベルナンドが、心配そうに聞いてくる。

大丈夫だと微笑んで、使っていた辞書を本棚へ戻そうと立ち上がった瞬間。体の中からどろりとした何かが流れ出した。今まで感じたことのない感覚にエステファニアは震え上がった。

「ベルナンド……！　ど、どうしよう……‼」

突然真っ青な顔になって、泣きそうになりながら縋ってくるエステファニアに、さすがのベルナンドも驚いて目を見開いた。

寝台に横になりながら、じくじくと痛む下腹部に耐えつつ、エステファニアはぼうっとしていた。

エステファニアに初潮がきたことに気づいたベルナンドが、慌てて年嵩の侍女を呼んでくれたおかげで、助かった。

侍女が落ち着いて対処してくれたため、必要以上にドレスや部屋を汚さずに済んだ。とんだことに巻き込まれてしまったベルナンドには、本当に頭が上がらない。

(月のものが来た……!)

体は辛いが、エステファニアの心に喜びが満ちた。

つまり、これでようやく自分は、子供を産める身体になったということだ。

長らく栄養状態が悪かったからか、十四歳を過ぎても初潮が来ないことを、エステファニアは密かにずっと気に病んでいた。

妻となったからには、アルバラートの子供を産まなければならない。それなのに、このままずっと来なかったらどうしようと、実のところ不安でたまらなかったのだ。

だがこれで、ようやくその条件が整った。

(良かった……本当に良かった)

「お体の具合はいかがですか?」

心配して様子を見にきたベルナンドが、気遣ってくれる。彼も心なしか嬉しそうだ。エステファニアが気に病んでいたことを、密かに察していたからだろう。

「ねえ、ベルナンド。これで私、旦那様の子供を産めるのね」

エステファニアがうっとりと言えば、ベルナンドはなんともいえない困った顔をする。

「え？　あー。えーっと。その。それはまだ早いと申しますか」

「どうして？」

「どうしてもこうしても……」

エステファニアはまだ十四歳だ。それでなくとも華奢で、年よりも幼く見えるのである。

「それじゃ直接旦那様に聞いてみるわ！　早くあなたとの子供を作りたいって」

「え？　アルバラート様に!?　いや、それはその……」

ベルナンドは慌てた。生育歴が特殊なこともあって、エステファニアはいささか女性らしく恥じらう感性に欠けていた。

ベルナンドとしても長年生きてきて、それなりに男女のことをわかってはいるが、この暴走気味の少女にどう説明すれば良いのかわからない。

（アルバラート様、申し訳ございません。あとはお任せいたします……！）

困ったベルナンドは、その全てを主人（アルバラート）に放り投げることにした。そして、痛むであろう主人の胃のために、ミルク多めの紅茶を用意することにした。

＊＊＊

「まあ！　随分と角が取れちゃって。お姫様との結婚生活は順調なのかしら？」

職務上仕方なく参加した夜会でかけられた、わざとらしい高い声に振り返れば、そこにはかつての婚約者がいた。

豪奢な金色の巻き毛が特徴の、元ロランディ侯爵令嬢、現マルティン伯爵夫人マリアンナだ。

「やあ、久しぶり。マリアンナ。君も元気そうだね」

ロランディ侯爵領と、ファリアス公爵領は隣接しており、アルバラートとマリアンナはよく互いの屋敷を行き来する幼馴染であった。故に、今でも気安いやり取りをしている。

マリアンナは前に会った時よりも、幾分ふっくらとした気がする。きっと幸せなのだろう。

すると、なにやら一気に周囲の視線を集めていることに気づく。

アルバラートが何事かと眉をひそめると、マリアンナがニヤニヤと楽しそうに笑った。

「どうやら世間では、王女様を娶るために、あなたが私を捨てたことになっているらしいのよ」

「はあ？」

思ってもなかった話に、アルバラートは素っ頓狂な声をあげた。

「ファリアス公爵は、王から王女殿下降嫁の話を貰ったから、出世のために私と婚約破棄したってね。あなた、知らない間に随分と野心的な男にされちゃったのね」

　本当は無気力無関心男なのにね、と言ってマリアンナは笑った。

「つまりは、捨てた元婚約者との邂逅（かいこう）！　愛憎の行方は⁉　という劇的瞬間だと周囲の方々は思っているってわけ」

　あまりにもくだらない話にアルバラートは溜息を吐いた。マリアンナとの婚約解消は、実際には王からエステファニア降嫁の話を持ちかけられる前に成立している。そもそも婚約解消をしたからこそ、王から降嫁の話が自分に回ってきたのだ。

　当時は面倒だと思ったが、今では幸運だったと思っている。

　今日も家で彼の帰りを待っているであろう、玄関をくぐればすぐに飛びついてくるであろう、愛らしい妻を思い出し、アルバラートは表情を緩めた。

　そんなかつてない甘い様子のアルバラートを見て、マリアンナは肩を竦める。

「あらまあ、本当に幸せそうな顔しちゃって。私と婚約していた頃はそんな表情見たことがなかったわ」

「それはお互い様だろう」

「そうねえ。私、あなたに興味がなかったし」

マリアンナは婚約していた当時から、アルバラートに対し全く興味がなかった。何故ならば。

「君の年上好きは徹底しているからな」

「男は四十からよ。そして何よりも渋さとたくましい筋肉が重要。そこは譲れないわ！」

壊滅的に、アルバラートが彼女の恋愛対象から外れていたからである。

マリアンナにとって、同い年で、所謂優男の文官であるアルバラートは、まるで男として魅力を感じないのだ。

彼女はずっと、二十六歳年上であり現在将軍職を拝しているマルティン伯爵に恋をしていた。

そして先妻を病で亡くして以後、新たに妻を娶ることなく独り身で過ごしていた伯爵に、様々なアプローチを繰り返し、ほぼ力技で後妻の地位を勝ち取ったのだ。

『アルバラート！　今すぐ婚約を解消してちょうだい！　あの方が振り向いてくださったの！』

そんな勝利の雄叫びをあげて、詰め寄ってきたことを思い出す。

「私だってあなたが少女愛好家だったとは思わなかったわ」

「……おい。ちょっと待て。僕の場合は不可抗力だからな。少女を好んでいるわけじゃない」

失われそうな己の名誉にアルバラートは慌てた。確かに当時、まだたった十三歳の少女を妻にしたという事実はあるが、何度も言うように自分にはそんな特殊な性的嗜好はない。

エステファニアを愛しく思えど、それは保護者が被保護者に対し持つ感情であって、恋情でなければ劣情でもない。酷い誤解である。

そこまで考えて、ふと幸せそうに細められた菫色の瞳が頭の中にちらついて、不自然に心臓が大きく音を立てた。そして、慌てて首を振ってごまかす。

そんなアルバラートに、わかってるわよ、とマリアンナは肩をすくめて笑った。

「結婚してもうすぐ二年だったかしら？　随分と仲良くしているのね？」

「ああ、娘がいたら、こんな感じかなと思っているんだ」

エステファニアは、かつて父親にもらえなかった愛情を、自分に求めているのだとアルバラートは考えていた。故に、アルバラートは保護者の本分を忘れてはならぬと自分を戒めているのだ。

すると、それを聞いたマリアンナが、不快げに眉をひそめた。

「言っておくけれど、その言葉は、絶対にエステファニア様に言ってはダメよ」

「なぜ？　別になんの問題もないだろう？」

「あるわよ。大有りよ。それとほぼ全く同じ内容の言葉を言われて、激怒した人間があなたの目の前にいるのよ」

思い出してしまったのだろう。マリアンナの顔に憤怒が浮かんでいる。どうやら彼女の逆鱗に触れてしまったようだ。

「どこの世界に、恋しい男に娘のようだと言われて喜ぶ女がいるのよ。ありえないわ！」

「それは君の話だろう？　マリアンナ。エステファニア様は違う」

もちろん懐かれているとは思うが、エステファニアが自分に男女の情を求めているとはアルバラートは思っていなかった。所詮ただの夫婦ごっこであると。

すると、マリアンナは呆れたように肩を竦めた。

「あなたこそ勝手にエステファニア様の心を決め付けないほうがいいわ。女は男と違って本心を隠して生きているものよ」

「だがエステファニア様はまだ十四歳だぞ」

もう少しで十五になるとはいえ、エステファニアはそれでなくとも華奢で実年齢より幼く見えるくらいなのだ。

「馬鹿ね。もう十四歳の間違いでしょ。私はその年の頃とっくに旦那様に恋をしていたわよ。女は幾つでも女なのよ」

そういえばそうだった。アルバラートはいかにマルティン伯爵が格好良いか、彼女から熱く語られた遠き日々を思い出す。一応自分は彼女の婚約者ではなかったかと首を傾げたものだった。今思えば、あの頃から互いに恋愛感情を持っていなかったという証拠かもしれない。

「エステファニア様が子供でいてくださる時間は、案外短いわよ。アルバラート。あとせいぜい一、二年ってとこね。まあ、覚悟しておきなさいな」

マリアンナは揶揄うように笑った。だが、やはりアルバラートにはまだ想像がつかず、実感もわかない。彼の中で、エステファニアはいつまでも幼く可愛いお姫様だった。

「それにしても本当に失礼しちゃうわ。みんなが私を哀れみの目で見るのよ。アルバラートを王女様に奪われた上に、二十六歳も年上の伯爵の後妻にされたって。私の旦那様はアルバラートなんかよりずっと素敵なのに！」

「色々と物申したいことはあるけど、まあいいや。……ちなみに誰がその噂を流しているかわかるかい？」

小声で聞けば、マリアンナも口元を扇で隠し、小さな声で呟いた。

「言うまでもなく、出所は王妃様でしょうね。何でもあなたを一目見て気に入ったエステファニア殿下が我儘を言って、あなたとの結婚を強引に取り付けたって話になっているわ。私は王女様の我儘の哀れな被害者というわけ。社交界でのエステファニア様の評判は酷いものよ」

「…………」

難儀なことだ、とアルバラートは溜息を吐く。道理で最近妙に憐憫を滲ませた視線に晒されていると思ったのだ。自分もまた我儘王女の被害者とされているのだろう。

王妃はどうしても、夫が愛した女の娘が幸せになることを許せないらしい。

そして、少しでも彼女の未来に、影を落としてやりたいのだろう。

「訂正できるところではしているのだけれど。何を言っても『言わされているのだ、かわいそうに』って誤解されてうまくいかないわ」

「すまないな」

それは、真実愛し合っているマリアンナと夫のマルティン伯爵にとっても、屈辱的な噂だろう。

「私たちは今、幸せなのにね。憶測で勝手なことを言わないでほしいわ」

そう言って、少し唇を尖らせながら、マリアンナは体を締め付けない緩やかな意匠のドレスの上から、そっと下腹部を撫でた。

彼女のお腹には今、二人目の子がいるのだという。相変わらず夫婦仲が良いのだろう。

その慈愛に満ちた表情は、かつての峻烈（しゅんれつ）な彼女からは想像もつかない姿で。

アルバラートは思わず目を細めて見つめる。

「……そうだな。君がその幸せな姿を見せつけていれば、そのうち、そんなくだらない噂は立ち消えるだろうさ」

どうせしばらくは、エステファニアを公の場に出す予定はない。ならば社交界でどんな噂を流されようと、彼女自身が知り、傷つくことはないであろう。
――それに、いずれは全てが白日のもとに晒される。
ならば、あえて今、対策をとる必要はないだろう。下手に動けば噂をさらに長引かせること
になるとアルバラートとマリアンナは判断した。

――これが、後にとんでもない事態を引き起こすとは、考えもせずに。


「でも、いつかはエステファニア様に会わせてちょうだいね」

「ああ。きっと君達は気が合うよ。ぜひ友達になってやってくれ」

軽口を叩き合って、気安い幼馴染同士は笑い合った。

その後、普段よりも早めに帰宅できたアルバラートは、玄関を入ってすぐに違和感を感じた。

妙に使用人が皆、浮き足立っているのである。

いつも冷静沈着なベルナンドですら、妙に嬉しそうにそわそわしている。一体何があったの
か。

そして何よりも、起きているときは必ず玄関まで迎えに来て、「お疲れ様！」と抱きついて
くれる、小さなお姫様の姿が見えない。いつもこの時間なら、まだ起きているはずなのだが。

埋められるはずだった腕の中が、酷く寂しい。物足りない。

知らぬ間に、自分は随分とあの小さなお姫様に毒されているらしい。

「ベルナンド。エステファニア様は？　まだ寝ていないだろう？」

心配になって聞いてみれば、妙にニコニコと笑いながら「体調が優れないと、横になっておられます」と言う。

言っている内容と表情が噛み合っていない。この老執事もとうとう耄碌してしまったのか。

「体調が悪いって？　大丈夫なのか？」

「初めてとのことですので、やはり重いようですね。今は体を温めて休んでいらっしゃいます」

重い。重いとは何だ。病状が重いということか。

重症なのかと顔色を変えたアルバラートが「一体どう言うことだ」と問いただせば、老獪な執事は「私の口からはとても申し上げられません」などとわざとらしく宣う。

この狸な老執事をどうしてくれようと考えていると、その狸から促された。

「まだ起きていらっしゃると思いますので、是非顔を見せて差し上げてくださいませ」

アルバラートは着ていた外套を脱いでベルナンドに投げつけると、急いでエステファニアの部屋に向かった。

そして彼女の部屋の前に着くと、その白木の可愛らしい扉をノックする。

すると中から「どうぞ」と鈴の音のような小さな声が聞こえた。

「失礼します。エステファニア様」

中に入ると、寝台の上で上半身を起こしたエステファニアがいた。アルバラートの顔を見るとその頬を赤らめる。

「おかえりなさい。外は寒かったでしょう？」

体調が悪いと言うのに、自分のことよりもアルバラートの心配らしい。

随分と年上の夫とは言え、そんなにも心配されるような年齢ではないのだが、なぜかエステファニアはいつもアルバラートの心配をしている。

そして、彼女が思っていたよりも元気そうで、アルバラートはホッとする。

「そんなことより、体調が悪いと聞いたのですが、大丈夫ですか？」

そう聞けば、エステファニアが困ったように視線を泳がせた。いつもまっすぐにアルバラートの目を見つめてくる彼女にしては珍しい。

「……そんなに悪いのですか？」

ますます心配になって聞き直せば、エステファニアは観念したようにアルバラートを見て目を潤ませ、恥ずかしそうに顔を真っ赤にしながら、小さな小さな声で教えてくれた。

「……あの、月のものが始まったの」

虚を突かれたアルバラートは、さて月のものとは何だったか、とぼうっと考える。

「あ……あ、ああ！」

そしてしばらく時間を要しつつもその言葉を認識し、彼女に言い辛いことを言わせてしまったのだと慌てふためいた。

「申し訳ありません！」

とりあえず謝ってみる。多分自分の頬も、いい歳をして赤いだろう。エステファニアは耐えきれなくなったのか、小さな体をさらに小さくして掛布の中に潜ってしまった。

「僕は男なもので、その辛さは想像もつかなくて申し訳ないのですが、大丈夫ですか？」

優しく聞いてみれば、やっとエステファニアが掛布の隙間から少しだけ顔を出した。

「朝から気怠いな、とは思っていたのだけれど……」

アルバラートはエステファニアが、ずっと自分に月のものが来ないことを気にしていたことを知っていた。

確かに今十四歳であることを考えると、少々遅いのかもしれない。だが彼女は栄養を満足に取れない時間が長かったので、そんなものだろうとアルバラート自身はそれほど気にしていなかったのだが。

――ならば、ここで言うべき言葉は一つだろう。

「おめでとうございます。エステファニア様」

笑顔を作ってそう言えば、エステファニアは惚けた顔をして、それから泣きそうな顔をした。

きっと彼女は、素晴らしい貴婦人になるだろう。その成長の過程を、こうして側で見ることができる贅沢に、アルバラートは感謝する。

すると、エステファニアが真剣なまなざしで、アルバラートを見つめる。

そして覚悟を決めたように口を開いた。

「これで私、旦那様の子供を産めるのよね」

「…………は？」

あまりに想定外のエステファニアの言葉に、アルバラートは唖然としてしまった。

口も目もあんぐりと開いたまま、多分今までエステファニアに見せてきた顔の中でも、最もひどい顔をしていたと思う。

産めるかもしれない。そう、生物学的には。

だが、そうあってもアルバラートの中にある倫理観によって無理である。子供に子供を産ませるわけにはいかない。

しかし、明らかに思い詰めた様子のエステファニアに、それをどう説明したら良いものか。

「だから、この月のものが終わったら、夜もずっとそばにいてもいい……？」

それは駄目である。明らかに色々と駄目である。アルバラートは内心頭を抱えた。

そもそもエステファニアは、男女のあれやこれやを一体どこまで知っているのか。

「あー、その、エステファニア様。ちょっと僕の話を聞いてください」

困り切ったアルバラートの顔を見て、エステファニアは肩を落とし、小さく頷いた。

その悲しげな姿に、罪悪感で胸がじりじりと焼ける。

「あなたはまだ若い。その歳で子供を産むことは、危険なことです。出産に最も適した年齢というのは十代後半から二十代後半と言われていて――」

アルバラートは、とりあえず、生物学的な説明で逃げることにした。実際に若年齢での出産は危険を伴うことが多い。

「僕はエステファニア様が大切なんです。そんな危険なことを強いることはできません」

そう、それがたとえ恋ではなくても。アルバラートにとってこの小さなお姫様が、世界で最も大切な存在であることは間違いないのだ。

「まだ、焦らなくて良いんです。もう少しゆっくり大人になりましょう」

こんなところで、焦って自分の人生を決める必要はない。彼女にはまだ無限の未来があるのだから。

その言葉にエステファニアも納得したのか、コクリともう一度頷いた。

アルバラートはそっと彼女を抱きしめて、その背中をなだめるように優しく叩く。

「じゃあ、私がもっと大人になったら、ちゃんとアルバラートの奥様にしてくれる……？」

だが、縋るような目でアルバラートを見上げながら、恐る恐る聞いてくるその言葉に、一体なんと答えたらよかったのか。

この降嫁の真実を知ったのなら、この愛しい小さなお姫様は、アルバラートをどう思うのだろう。今までのように、信頼の眼差しで自分を見つめてくれるのだろうか。

なんと答えようかあれこれと悩み、黙っているうちに、腕の中がずしりと重くなった。

そして聞こえる規則正しい寝息。どうやらエステファニアは眠ってしまったようだ。

助かった、と思い安堵し、安堵してしまったことにまたしても深い罪悪感を持つ。

きっとこれは、彼女の精一杯の勇気だったのだろう。こんな状況でなければ、ずっと口に出さなかったに違いない。それを、無下にしてしまった気がした。

起こさないよう、エステファニアをそっと寝台に横たえる。

そして体を冷やさないように、肩の位置まで掛布を持ち上げてやった。

伏せられた瞼を彩る長いまつ毛が、白い顔に濃い陰影を落としている。

（――――随分と、綺麗になった）

出会った頃は、痩せこけていたせいで、目ばかりが大きくぎょろりと目立っていたのに。今ではすっかり、目を見張るほどの美少女だ。少々保護者の欲目はあるだろうが、きっとこの国で、エステファニア以上に綺麗な子はいないだろうとすら思っている。

艶のあるまっすぐな漆黒の髪。理知的な光を宿す菫色の瞳。白磁のような肌に、薔薇色の頬。品よく整った甘やかな、けれど少しだけ気の強そうな顔立ち。

いつまで見ていても飽きないその愛らしい顔を見つめながら、彼女のまっすぐな黒髪を撫でてやる。さらさらと指通りの良い髪は触り心地が良い。

（ああ、子供でいてくれる時間の、何と短いことよ）

アルバラートは思わず嘆息する。そう、あっという間に蛹（さなぎ）は蝶（ちょう）になってしまうのだ。

――そして、いずれは自分の元から飛び立ってしまう。

（……その羽をむしり取ってやりたい）

そうしたら彼女はずっと自分の手元にいてくれる。ずっと、ずっと自分のものだ。

ふと思い、アルバラートはそんな暗い欲望を持った自分に驚く。

こんなにも一人の人間に執着をするのは、生まれて初めてかもしれない。

自分ごときが、彼女を傷つけることなど、許されないことなのに。

「……どうかもう少し、僕の小さなお姫様でいておくれ」

小さな声で請うように呟いて、アルバラートは優しくエステファニアの頭を撫で、その小さな額に触れるだけの口付けを落とすと、静かに部屋を出ていった。

第五章　不幸は突然やってくる

幸せというものは壊れやすいものなのだと、エステファニアは知っていたはずだった。

母と過ごした穏やかで幸せな日々が、あまりにもあっさりと儚く脆く消えたように。決して長く続くことはないのだ、と。

ファリアス公爵家で、アルバラートの妻として過ごした三年間。大切にしてくれる夫と、優しい使用人たちに囲まれ、あまりにも毎日が幸せで。

だからきっと、これから先もこんな日々が続くにちがいないと、エステファニアはうっかり期待してしまったのだ。

だが、彼女の幸せに暗雲がたちこめてきたのは、この国に戦争の足音が近づいてきた頃だ。

まず、アルバラートがほとんど屋敷に帰ってこなくなった。仕事が忙しすぎて、ずっと王宮に泊まり込んでいるという。

たまに帰ってきても、疲労の色の濃い顔をして、すぐに部屋に籠もってしまう。

エステファニアは寂しくてたまらなかったが、彼が背負ったものを思い、それを口に出すことは憚（はばか）られた。

徐々にこのエルサリデ王国の置かれた状況は、予断を許さないものになっていた。

とうとう隣国アルムニア帝国内で、反乱が起きたのだ。これまでの皇帝の所業を理由に教会が皇帝を破門としたことが切っ掛けとなった。

神が認めぬ皇帝を国主とするわけにはいかないと、敬虔（けいけん）な信者である貴族たちが中心となって反乱を起こしたのだ。それまでの悪政が祟り、国民の多くが反乱軍に流れた。

そして皇帝は、その鎮圧のため、エルサリデ王国に援軍を要請したのだ。

国の情勢を知るために、毎朝エステファニアが読んでいる新聞は、現在そのことで埋め尽くされている。恐らくは国民の最大の関心事なのだろう。

アルムニア帝国の要請に応じるのか。または傍観に徹するのか。それとも反乱軍につくのか。

王がどのような選択を下すのか、誰もがその答えを固唾を呑んで見守っていた。

（旦那様が、体を壊さなければ良いのだけれど）

エステファニアは心配そうに、窓からアルバラートが詰めている王宮の方角を見つめる。

かつては自分が住んでいた場所。毎日が幸せで、今ではほとんど思い出さなくなった。あの冷たい場所。

（はやく情勢が落ち着くと良いのに）

　エステファニアが深いため息を吐いた、その時。

「エステファニア様！　これから旦那様が屋敷にお戻りになるそうです。たった今、前触れの者が参りましたよ！」

　気落ちしているエステファニアをずっと気にしていてくれたベルナンドが、慌てて伝えにきてくれた。

　日が高いうちにアルバラートが帰ってくることなど久しくなかったこともあり、エステファニアは驚く。

　慌てて久しぶりに帰ってくる夫を出迎えるため、準備を始める。

　少しでも大人っぽく見えるよう、髪の毛は編み上げて綺麗に一つにまとめる。それから裾のボリュームの少ない、体の線が綺麗に見えるドレスを身につけた。

　日々吐きそうになりながらも牛乳を飲み、果物を食べ、侍女たちの眉唾な噂をもとに自己流で少々怪しげな按摩（マッサージ）を施したおかげかどうかはわからないが、豊かに育ったエステファニアの胸を強調するデザインだ。

　全体にほっそりした身体でありながら、胸だけが大きく育ち、エステファニアは自らの体型に非常に満足していた。そう、努力は報われたのである。

姿見で確認すれば、どこから見ても妙齢の貴婦人に見える。十六歳になったエステファニアは、咲き初めの薔薇のように美しかった。

「お美しゅうございますよ。きっと旦那様もお喜びになるでしょう」

その姿をベルナンドが絶賛してくれる。彼はエステファニアの何もかもを褒めちぎるので、あまり信憑性はないが、それでも嬉しい。

そして、玄関で夫の帰りを待った。ついこの間まで帰ってきた夫に飛びつくことが毎日の日課だったはずなのに、ここに立つことも随分久しぶりな気がした。

しばらくして、玄関が開き、アルバラートが入ってくる。

やはり顔色が悪く、目の下には、べったりと濃い隈が出来ている。体も随分痩せてしまった。間違いなく過労だ。

だがそれでも、エステファニアを一目見た彼は、眩しそうに目を細めた後、いつものように優しく笑ってくれた。

何故か今までのようにすぐに抱きつくことができなくて、エステファニアは思わず涙ぐみそうになった。彼の姿を見ただけで、なぜか胸が苦しい。

「ただいま戻りましたよ。僕の小さなお姫様。僕がいない間も良い子にしていましたか？」

だが、その後のアルバラートの言葉に、内心がっくりと肩を落としてしまう。

やはりまだ彼の目には、エステファニアは小さなお姫様に見えるようだった。今日などは、あえて大人っぽい衣装を選んだというのに。

「もちろん良い子にしていたわ。お帰りなさい旦那様」

だが疲れている彼をさらに疲れさせることは、本意ではない。

エステファニアがどうすれば良いのかわからず立ち竦んでいると、アルバラートが腕を広げてくれた。

吸い寄せられるように彼に近づき、そっと抱きつく。アルバラートも優しく、彼女の背に手を這わせてくれる。エステファニアは、その久しぶりの温もりと感触と彼の匂いを思い切り吸い込んだ。

「忙しなくて申し訳ございませんが、すぐに出かけますので用意していただけますか？」

そしてしばしの抱擁の後、エステファニアを腕から解放すると、早々に出かけると言うアルバラートに、エステファニアは首を傾げた。

「ベルナンド！　ちょっときてくれ！」

理由を聞きたくとも、アルバラートは老執事を呼び、すぐにその場を後にしてしまう。

(何があったのかしら？　それにどこへ行くというの？)

エステファニアは一人戻された部屋で考え込む。どうやらアルバラートは仕事を終えて帰っ

てきたのではなく、何かしらの理由があって仕事を抜け出してきたようだ。

――嫌な予感がする。どうしようもなく、嫌な予感が。

するとしばらくしてベルナンドが深刻そうな顔で、大きな旅行鞄を持ってきた。

「……これから、公爵領へ向かいます。どうか、ご用意を」

エステファニアは、いまだにアルバラートの領地へ行ったことがなかった。

突然のことに、首をかしげる。

「何があったの?」

「申し訳ございません。詳しいことは、旦那様にお聞きになってください」

慌てて必要最低限の用意をし、エステファニアは玄関へと向かう。

すると、同じくすでに準備を終えたのだろう、アルバラートが待っていた。

だが、彼の荷物が、自分に比べ随分と少ない。そのことに違和感を持つ。

アルバラートがエステファニアに向け手を差し伸べる。だがエステファニアはなぜか、その手を取りたくないと思ってしまった。こんなことは初めてだ。

必死に自分を叱咤して、彼の大きな手に自分の小さな手を乗せる。そして、アルバラートは彼女を馬車へと促した。

エステファニアとアルバラートが馬車に乗り込むと、ベルナンドもまた後ろに続く使用人用の馬車に乗り込む。彼も着いてきてくれるのだと知り、エステファニアはホッと安堵する。

そして、アルバラートは御者に何かを言いつけた。

指示を受けて馬車が走り出すと、アルバラートは座席に寄りかかった。

嫌な予感を払拭したくて、エステファニアは他愛のない話をする。

「王都を出るのは初めてだわ」

「そうですね。あまり遠くへはお連れできなくて、申し訳ありません……」

「ううん。ただ、なんだか不思議な感じなの。ずっと、王宮の中しか知らなかったから」

アルバラートの落ち込んだ姿に、慌ててエステファニアはおどけたように王宮で生活していた頃の話を始める。

「王宮に暮らしていた頃の、一番のご馳走は、王妃様や王太子殿下の食べ残しだったわ。あの人、料理をたくさん作らせては、テーブルの上に並べるのだけど、自分は太りたくないからちょっとの量しか食べないの」

「さすが浪費皇帝の娘といったところですね」

アルバラートが失笑する。ようやく彼の笑った顔が見られたとエステファニアも笑う。

「だからね、どうせ捨てられるそれらを、私がもらったっていいじゃない？　しかも彼らに供される食事は一流の料理人が作っているから冷めていたって美味しいいし、絶対に毒は入っていないから一石二鳥よ。下女たちが片付けている配膳台からこっそりと素早く盗み出すの。残飯なのに、私に取られると女官に怒られるらしくて、彼女たちも必死に奪われまいとするから、そのうちなかなか盗めなくなってきて……大変だったわ」

「そんな状況でも必死に戦っているエステファニア様は、さすがですね」

辛かったあの頃の話を、こうして気軽にできるようなったことが嬉しい。きっと乗り越えたということなのだろう。

「自分でも生命力は強い方だと思うわ。ちなみに私、実は自分で掃除も洗濯もできるのよ！お母様が貧乏男爵家出身だったから、家事も一通りできる方だったの。全て終えてもらったわ」

生きていくための知識は、色々と母から与えられていた。

「だからエステファニア様は、あの王宮で生き延びていられたのですね」

ただ、生きることに必死だった日々。

時折、遠目に弟である王太子の姿を見かけた。女官たちに守るように囲まれ、ふっくらとした頬をした幸せそうな弟。

一方で、ひとりぼっちで常に飢えている、痩せこけた姉。

同じ国王の子でありながら、その落差がひどく身にしみた。

「……そういえば。王太子殿下はお元気なのかしら？」

「ええ。王妃様が自慢とするだけあって、聡い方ですよ。あなたに会ってみたいとおっしゃっていました」

エステファニアは驚く。王妃は息子に、妾の生んだ姉に対する悪意を吹き込まなかったのだろうか。そんな彼女にアルバラートは困ったように笑った。

「……母親、ということなのでしょう。あの方もまた。きっと我が子には、人に優しくあってほしいのですよ」

そういうものなのだろうか。母親とは。エステファニアには、まだ良くわからない。

その後もひたすらとりとめのない話をし続ける。まるで近づく何かから目をそらすように。

だが、ふと会話が途切れたわずかな時間に、アルバラートがうとうとし始めた。

久しぶりに会ったこともあって、本当はもっと話をしたかったが、彼が疲れていることもわかっていたので、エステファニアはそっとしておくことにした。

グラグラと左右に振れるアルバラートが心配で、向かい合わせの席から、彼の横に移動する。

やがて、彼の頭がエステファニアの肩に寄りかかった。

エステファニアの華奢な肩に、正直なところアルバラートの頭は重かったが、その重みが幸せで、嬉しい。

しばらくして、車輪が石に乗り上げたのか、馬車が上下に大きく揺れた。

アルバラートの頭がエステファニアの肩から膝にずり落ちる。よほど眠りが深いのだろう。それでも起きない彼に感心しつつ、エステファニアは自らの膝にある彼の銀の髪をそっと撫でた。サラサラとした柔らかい感触がこそばゆくて、愛おしい。

(――――やっぱり綺麗)

彼の顔をうっとりと眺めながら、エステファニアは思った。目の下の隈こそ痛々しいが、彼の美貌は全く損なわれていない。

毎日美容に勤しんで容姿を保っているエステファニアからすると、羨ましい限りである。

しばらくして、馬車が止まった。

外から馬車の扉が開けられ、ベルナンドが顔を出し、エステファニアとその膝で眠るアルバラートを見ると、生ぬるい微笑みを浮かべて扉を閉めた。

「え!?　ちょっと待って……!」

羞恥で思わず立ち上がりかけると、太ももから下の感覚がひどく鈍くなっていてよろけてしまう。その衝撃で膝の上のアルバラートが小さく唸った。

「ん……?」

そして、うっすらとその空色の目を開け、エステファニアを認識すると、彼は飛び起きる。

「ごめん！　寝てた！」

慌てているのか、いつもの敬語も取れていて、エステファニアも思わず笑ってしまった。

「疲れていたのでしょう？　仕方がないわ」

すこしアルバラートの顔色が良くなった気がする。これで彼の睡眠不足が少しでも解消できたのなら、嬉しい。

「膝をお借りしてしまって申し訳ありません。大丈夫ですか？」

「大丈夫よ。少しでも眠れたみたいでよかったわ」

エステファニアが笑ってそう言えば、アルバラートも恥ずかしそうに笑った。

そして、アルバラートに手を引かれ立ち上がろうとしたエステファニアは、少し腰を浮かせてすぐにまたへたり込んでしまう。

アルバラートの頭を膝に乗せ続けていたせいで、すっかり脚がしびれていたのだ。

「ご、ごめんなさい……！　脚がしびれてしまったみたいで……」

立ち上がれない、と泣き言を言うと、アルバラートは悪戯っぽい笑顔を浮かべて、エステファニアの太ももを指先で突っついた。

「きゃんっ……！」

エステファニアはビリビリと走る感覚に、悲鳴をあげ、アルバラートを睨みつける。

「酷いわっ……！」

だれのせいでこうなったと思っているのか。

声を上げてひとしきり笑った後、アルバラートは左腕をそっとエステファニアの膝下に差し込み、何事かと慌てふためく彼女を抱き上げた。

「よいしょっと。重くなりましたね、エステファニア様」

続いてのアルバラートの暴言にエステファニアの怒りは頂点に達した。羞恥のあまり、降りようともがく。

「危ないでしょう。暴れないでください」

「だって酷い！　酷すぎるわ‼」

年頃の女の子に体重の話は禁忌なのである。剥れたエステファニアに、アルバラートは「はいはい。申し訳ございません」と全く心のこもっていない謝罪をする。

「だって、嬉しいんです。本当に嬉しいんですよ。エステファニア様のことを初めてこの手で抱き上げた時、あなたは本当に、羽のように軽かった」

蕩けるような微笑みを浮かべて、アルバラートは言う。彼女の棒のような足に、浮き上がった鎖骨に、どれほど心を痛めていたか、と。

そう言われてしまえば、エステファニアは何も言い返せなくなる。今こうして自分が生きているのは、間違いなくアルバラートのおかげだった。

「さきほどお借りした膝も柔らかくてふかふかで非常に寝心地がよく。ああ、よかったなあと」

「……怒るわよ」

しみじみとしているアルバラートに、少々唇を尖らせたエステファニアは両腕を彼の首に巻きつけて、その首筋に顔を埋めると、彼の匂いを胸いっぱいに吸い込む。

そして、抱かれたまま馬車の外へと出る。そこは王都の外れだった。

「きれい……」

夕陽の赤い光に、思わずエステファニアは目を細める。

王都の外を見るのは、これが初めてだった。地平線の向こう側まで道が続いている。

アルバラートは彼女を抱き上げたまま、やはり目を細めて夕陽を見つめた。

そのまましばらく二人で地平線を眺め、それからアルバラートは覚悟を決めたように、エステファニアの耳元で囁いた。

「――エステファニア様には、しばらく王都を離れていただきます」

やはり、とエステファニアは息を飲んだ。

「戦争が起きるの……？」

王都から避難させられるということは、それ以外考えられない。

「詳細をお話しすることはできませんが、場合によっては、その可能性もあります。そして王家の血を引く以上、あなたは守られねばならない」

アルバラートの苦渋の表情に、それが、冗談などではないとわかる。

現在、王の直系は、エステファニアと弟の王太子のみだ。

王と王太子に何かあった際に、王家の血統を維持するため、エステファニアは安全な場所へと送られるのだろう。

エステファニアは戦争を知らない。この国は、長く平和な時代を過ごしてきた。

(陛下はアルムニア帝国に援軍を差し向けるのかしら……?)

それは明らかに悪手だと、エステファニアにもわかる。すでにアルムニア帝国の国民の心は完全に皇家から離れてしまっている。このまま滅びの道を進む可能性が高い。

よって他国の動向を見るに、反乱軍に援助の手を差し伸べている国もあるようだ。

そんな中で、王妃がアルムニア帝国の皇女であったとしても、安易に彼の国に援軍を出すことは、この国の首を絞めることになる。

だからといって、一方的に同盟を破棄し援軍を出さなければ、アルムニア帝国が持ち直した場合に、アルムニア帝国から糾弾されることとなり、最悪攻め込まれる可能性もある。

「……これから先、何が起こるかわかりません。……この国がどうなるのかも。だからエステファニア様。あなたは僕の領地へ」

「……旦那様は？」

縋るように聞けば、アルバラートは困ったように笑った。

「僕は、ここで。自分のできることでこの国を守ります」

「……そばにいては、ダメなの？」

もし本当にこの国が滅びるのだとしたら、その時にはアルバラートの側に居たかった。

この命の最後の瞬間を、共に居たかった。

「……エステファニア様には安全な場所で過ごしてほしいんです。僕が背中を気にしないで済むように」

遠回しに足手まといだと言われ、エステファニアは唇を噛み締める。

自分の存在が重荷になって、アルバラートが苦しむのは本意ではない。

「公爵家の領地は、王都からも国境からも離れています。おそらくこの国内でも有数の安全な場所です」

――――だから、どうか。

そうアルバラートに懇願されたエステファニアは、覚悟を決めたように、目を伏せた。

「……わかったわ」

これ以上の我儘を言うわけにはいかなかった。彼には役目があり、守るべきものがある。

そして、その中には確かに自分も含まれているのだから。

だが心が痛んだ。引きちぎれそうなほどに。苦しくて、たまらない。

もし本当に戦争が始まって、アルバラートと一生会えなくなったらどうすればいいのか。

「このまま馬車でお向かいください。ベルナンドが現地までお供いたします」

「……いつまでそこにいればいいの？」

「……情勢が落ち着くまで、でしょうか」

それは一体どれほど長くなるのか、エステファニアは気が遠くなりそうだった。

「領地まで僕が送りたいのですが、今本当に時間がないのです。申し訳ございません」

おそらくこの時間も、どうにかしてようやく手に入れたものだったのだろう。

本当は泣いてしまいたかったが、エステファニアはぐっと我慢をした。

「このまま僕は王宮に戻りますが、あとのことは全てベルナンドに任せてあります。どうか、お気をつけて」

行かないで、と言ってしまいそうになるのを、唇をかみしめて必死にこらえた。瞬きを繰り返し、必死に涙を乾かそうとする。そんなエステファニアの姿を目を細めて見ていたアルバラートは、そっと両手で彼女の顔を包み込んだ。

「必ず迎えにいく。――だから、待ってて」

そして、エステファニアに上を向かせると、その白い滑らかな額に、口づけを落とした。

「っ……！」

次の瞬間、エステファニアは両手で自分から離れようとしていたアルバラートの顔をがっちりと掴むと、驚いて目を見開く彼のその形の良い唇に、勢いよく自らの唇を押し付けた。

ほんの少し乾いた、だが自分とあまり変わらない柔らかな感触を、アルバラートが驚いて動けないことをいいことに、堪能する。

――決して、忘れないように。

初めて感じる温もりに、きゅうっと胸が痛んだ。

名残惜しげに唇を離せば、相変わらずアルバラートは呆然として固まったままだ。

「待っていてあげる。だから、必ず迎えにきて。……必ずよ？」

そして、そんなエステファニアの言葉に何度か瞬きをした後、やられた、とばかりに困ったように笑い、彼女の頭を優しく撫でた。

だから子供扱いするなとエステファニアはむくれてみせる。だが、そんな乙女心は、ちっともアルバラートには届かないようだ。

「ああ、僕の可愛い仔猫。約束するよ」

いつものようにそう言って、アルバラートは微笑んだ。

そして、王都へと去っていく彼の馬車を見ながら、エステファニアに一気に心細さが襲ってくる。

慣れ親しんだ公爵家別邸から、知らない土地へ行くことは、不安が大きい。

公爵家の領地は国境から遠く離れた穀倉地帯にあり、戦火が及ぶ可能性は低いとベルナンド
も説明してくれた。

「風光明媚(ふうこうめいび)で良いところですよ。旦那様も年に数度戻られています。……ただ、こんな情勢に
なってからは、なかなか行けていませんが」

確かにアルバラートは、たまに仕事だと言って長期間家を留守にしていた。恐らくはその時
に領地に戻っていたのだろう。

それなら、一緒に連れて行ってくれたらよかったのに、とエステファニアは思う。

公爵夫人として、自分が何かの役に立てたとは思えないけれど。

同行してくれたベルナンドに話を聞きながら、馬車の外から風景を眺める。

周囲は見渡す限りの黄金色の麦畑だ。豊饒(ほうじょう)の海とはよく言ったものだな、と思う。風に揺ら
れまるで波のように見える。

いずれ戦争になれば、この黄金の海も焼かれてしまうのかもしれない。

「公爵邸は現在、私の息子が城代をしております。少々気難しいところはございますが、エステファニア様に誠実にお仕えするよう、しっかり申し付けておきますので」

「ベルナンドの息子なら、安心だわ」

少しだけ笑みを見せて、エステファニアは言った。

穏やかに、何事もなく過ごせるなら、それ以上は何も望むまい。

旅慣れぬエステファニアのため、ゆっくりとした旅程を経て、ようやくたどり着いた公爵家本邸は、広大な面積に作られた石造りの古く無骨な城だった。

王都にある瀟洒(しょうしゃ)な別邸とはまるで違う、実用的な城だ。

「要塞みたいね」

分厚い城壁に囲まれ、門はたったの一つしかない。それも重い鉄の扉で守られている。

エステファニアの言葉に、ベルナンドが微笑む。

「ええ、このファリアス城は一度たりとも外敵の侵入を許したことはないのです。必ずやエステファニア様をお守りするでしょう」

誇らしげに言う彼に、エステファニアも思わず笑ってしまった。

「お待ちしておりました」

やがて城門が開かれ、ファリアス城から出てきた男は、なるほど、ベルナンドによく似ていた。彼を若くして、雰囲気を冷たくした感じだ。ふと、男の視線がこちらに向けられる。

(……ああ、これはダメだわ)

だが、目が合った瞬間、直感的にエステファニアは思った。

――そこにあったのは、明らかな嫌悪。

父であるベルナンドの手前、にこやかに対応しているが、たまにエステファニアに向けられる目は、ひたすら敵意を含む冷たいものだった。

かつて、愛憎渦巻く王宮で暮らしていたエステファニアは、人の悪意に酷く敏感だった。

「こちらで城代をさせていただいております、ベネデットと申します」

ベルナンドの前だからだろう。慇懃に挨拶をしてくる。だからエステファニアも微笑んで挨拶をしてやる。

「そう。私はエステファニアよ。しばらくお世話になるわね」

舐められてはたまらない。おどおどしたら負けだ。エステファニアは腹に力を入れ、あえて上からの態度を崩さない。

そんなエステファニアに高慢さを感じたのだろう。ベネデットの眉が軽くひそめられた。だがエステファニアはそれを見て見ぬ振りをした。

「くれぐれもよろしく頼むぞ」

しばらく休んだ後、そうベネデットに念押しをして、ベルナンドは王都に帰っていった。恐らくはアルバラートのことが心配なのだろう。そして、父として息子を信頼しているのだろう。

そして残されたエステファニアに、ベネデットが部屋に案内する。

「申し訳ございません。突然のお話で、まだ部屋のご用意ができていないので」

そう言われ、案内されたのは、城の端にある客間だった。調度類は公爵家にふさわしい上質なものでまとめられているが、日当たりが悪く、あまり居心地が良いとは言えない。

(嫌がらせとしては、落第点だわ)

「いやよ。換えてちょうだい」

エステファニアがそう言えば、ベネデットは眉をひそめた。

「申し訳ございませんが、現状こちらしかご用意できません」

「そんなわけがないでしょう?」

この城に、一体どれだけの数の部屋があると思っているのか。エステファニアが嘲笑すれば、ベネデットは顔を真っ赤にした。

「もう案内は結構よ。私は好きな部屋を使わせてもらうわ」

エステファニアは自分で荷物を持って、城の中を歩き出す。すると慌ててベネデットが追いかけてきた。

「勝手なことをなさるのはおやめください。この城の管理を任されているのは私です」

エステファニアはこれ見よがしに溜息を吐いてやった。

「けれど、今、ここの女主人は私のはずよね？　あなた、ただの城代でしょう？　この城が自分のものとでも思っているの？　ここはアルバラートの城のはずで、私は彼の妻である以上、ここの女主人であるはずよね」

ベネデットが屈辱で唇を噛み締める。大の男が睨みつけてくる目は怖いが、負けるわけにはいかなかった。

「大体あなた、アルバラートやベルナンドからどういった指示を受けたの？」

ここで舐められたら負けだ。エステファニアはベネデットを睨み返す。

「私を丁重にもてなせ、と。そう言われたはずよ。仕事である以上、そこにあなたの好き嫌いは関係ないの。主人の命令に従えないのなら、お辞めなさいな」

ぐうの音も出ない正論にベネデットは何も言えず、ただエステファニアの後をついてきた。

そしてエステファニアは普段こちらへきた時にアルバラートが使うという主寝室の隣、夫人用の部屋を見つけて荷物を置いた。やはり用意できていないなどというのは虚言だった。

その部屋は清潔に保たれていた。きっといずれアルバラートが妻を迎えた時のためにと、使用人達が丁重に管理していたのだろう。

そんな女主人の部屋に堂々と入り込んだエステファニアに、ベネデットがまた引きつった顔をする。

（おそらくこの男は、私がアルバラートの妻にふさわしくないと思っているのね）

それは主人に対する深い敬愛もあるのだろう。

「……本来この部屋に入るべきは、あなたではない」

案の定、小さな声ながら憎々しげに、使用人の分を越えたことをベネデットは言う。わずかにエステファニアの手が震えた。

──そんなことは、言われるまでもなくわかっていた。

おそらく彼には彼の理想があったのだろう。だがそれに応じてやる義理は、エステファニアにはない。大体主人を勝手に自分の理想に当てはめようとすること自体、おこがましい行為だろう。

「そう。でもお生憎様ね。残念だけど、今ここの女主人は私なの。あなたにもう用はないわ。出ていってちょうだい」

するとベネデットは屈辱で顔を歪ませ、足音荒く出ていった。疲れて、エステファニアは寝台の上に転がる。

王都別邸での幸せな日々で平和呆(ぼ)けした身に、久しぶりの悪意はやはり利いた。深い溜息を吐いて、心を立て直す。

（大丈夫。この程度のこと、大したことではないわ）

エステファニアは目を瞑る。色々なことがありすぎて疲れていたのだろう。その日はそのまま、深い眠りに落ちてしまった。

そして、次の日からエステファニアのファリアス公爵領での生活が始まった。

使用人たちは皆、よそよそしく冷たい。

だが、食事は用意されるし、部屋も綺麗に保たれている。生活に不自由はない。それだけで十分だと思えるほどに、エステファニアは不幸慣れしていた。

そう、王宮での暮らしに比べれば、ずっとマシなのである。

（一度地獄を見ていると、強(したた)かになるものね）

まさかこんなところで、王宮での過酷な暮らしが役立つとは思わなかった。

そしてエステファニアは、彼らの思い入れが深い女主人の部屋を使い続けた。この城の使用人達は何よりもその行為に対し、憤(いきどお)っているようだった。

王都別邸の使用人たちとは違い、彼らはエステファニアのことを絶対に「奥様」とは呼ばない。余程強いこだわりがあるのだろう。

使用人達がなぜそんなにも頑なのか。その理由がわかったのは、ファリアス城で暮らし始めて一ヶ月が経過した頃だった。

「ロランディ侯爵夫人がいらっしゃいました」

突然ベネデットが、エステファニアに慇懃無礼に伝えてきた。普段は一切話しかけてこない男が、わざわざ呼びに来ることに、エステファニアは違和感を持つ。

「あら？　来客の予定など聞いていないわ」

エステファニアが眉をひそめ言い返せば、ベネデットは小馬鹿にしたように片頬をあげて笑った。

「ロランディ侯爵家と我が公爵家は、永きにわたり友好的な関係を築いておりますゆえ」

「あらそう。だからなに？」

だからといって何の前触れもなく来訪するなど、礼儀知らずにもほどがあるとエステファニアは思った。どうやら自分は、そのロランディ侯爵夫人とやらにも軽視されているらしい。そして、ロランディという響きにかつての王妃の言葉を思い出した。

アルバラートの幼馴染であり元婚約者の生家が、たしかロランディ侯爵家だったはずだ。

つまり、来訪してきたのは、アルバラートの元婚約者の母親ということか。

おそらくここの使用人達は皆、アルバラートが元婚約者であるロランディ侯爵令嬢を娶ることを望んでいたのだろう。それだけ長く深い付き合いだったということだ。

——だが、今、この城にいるのは自分だ。アルバラートの妻は自分だ。エステファニアは顔を上げ、ベネデットを軽く睨んだ。

「今まではそうだったかもしれないわね。けれど現在、この城の女主人は私なの。そのことをいい加減理解なさいね。今回だけは初めてであるということに免じてお会いしましょう。けれど、次はないわよ」

冷たく言い捨てれば、ベネデットは顔を引きつらせた。

「聞こえなかったかしら？　さっさとそのロランディ侯爵夫人を応接室へお通ししてちょうだい」

ベネデットは腹立たしげに一つ頭を下げると、エステファニアの部屋を出て行った。

エステファニアは年齢に見合わぬ深いため息を吐く。なにやら嫌な予感しかしない。侯爵夫人とやらは、恨み言でもいうために、わざわざこの城まで来たのだろうか。

エステファニアは公爵夫人として恥ずかしくない程度に身だしなみを整え、応接室へと向かう。

そこで待っていたのは、美しい金の巻き毛を品よく纏めた中年の女性だった。若かりし頃は社交界を騒がせたであろう、華やかな美しさだ。

つまりは、彼女の娘であるアルバラートの元婚約者、マリアンナ嬢もさぞかし美しいのだろうと思い、つきりと心が痛んだ。

「お初にお目にかかります。エステファニア王女殿下」

腰をかがめ、形式に則り洗練された礼をとる。そんな仕草すら色香が漂うようだ。

どうしたら自分が最も美しく見えるのか、計算し尽くされている。

「初めまして。突然いらっしゃるから驚きましてよ」

何の前触れもなく突然来訪されたことを当てこすれば、彼女は悲しげに顔を歪めた。

周囲にいる使用人達が怒りで色めくのがわかる。皆、侯爵夫人と以前から親しくしているからなのだろう。だが、そんなことは、ここに来たばかりのエステファニアの知ったことではない。

「申し訳ございません。前々から家族ぐるみで親しくしていただいていたものですから、つい同じ感覚で気安く来てしまいましたの。私も娘もこちらを第二の家のように思っていたものですから」

どうやらこの夫人、なかなか強かな性格をしているようだ。彼女にとってはエステファニアが後から割り込んで来たのだ、と暗に主張している。

「そう。では次からは気をつけてくださる？　最低限の礼儀は守っていただきたいの」

自分は親しくするつもりはない、と突きつけてやれば、侯爵夫人はまた悲しげに目を伏せる。周囲の使用人達の視線がエステファニアに対して刺々(とげとげ)しい。随分とこの夫人に肩入れしているようだ。

「わかりましたわ。悲しいけれど受け入れるしかありませんね」

「わかってくだされば結構よ。それで私に何か御用かしら」

するとと侯爵夫人は、その目に狂気の色をにじませる。エステファニアは眉をひそめた。

「……お伝えしたいことがありますの。殿下はご存知ないのかもしれないと思いまして」

「私はもう王女ではないわ。殿下ではなく、ファリアス公爵夫人と呼んでちょうだい」

「これは失礼いたしました。ファリアス公爵夫人。……そう、公爵夫人」

憎々しげに吐き出された言葉に、エステファニアは表情筋を引き締め、表情を動かさないようにする。動揺していることを悟られないように。

「王妃様から聞きましたわ。……あなたがアルバラート様を望まなければ、あなたの場所には、今頃私の娘が、マリアンナがいるはずだったのですよ」

どうやらやはり恨みを吐き出しにきたようだ。エステファニアは内心溜息を吐く。このことに関してはその怒りを受け止める義務が、自分にはあるだろう。

「……私の大切な娘は、アルバラート様に捨てられたのち、哀れにも父親ほども年上の伯爵のもとへ嫁いでいきましたわ」

夫人はその美しい顔を屈辱で歪ませ、怒りからかぶるぶると震えながら言葉を紡ぐ。

確かに一度婚約を破棄されてしまえば、どうしても次の嫁ぎ先の質は下がるだろう。

自分がここに嫁いだことで、不幸になった女性が一人いるということは間違いない。

「貴女（あなた）のお噂は他にも王妃様から色々と聞き及んでおりますのよ？　随分と手癖の悪い猫のようなお方だと。王妃様はあなたが王妃様の持ち物を色々欲しがっては、盗んでいくのだと、悲しげにおっしゃっていましたわ」

つまりは、エステファニアが同じようにアルバラートを盗んだのだと、彼女は言いたいのだろう。

「あら？　泥棒猫だなんて、まるでドロドロの恋愛小説のようですわね」

エステファニアは楽しげにクスクスと笑った。すると侯爵夫人が悔しそうに唇を噛み締める。

きっとエステファニアがもっと取り乱す姿が見たかったのだろう。

だがそんなことはとうに知っている。自分のせいでアルバラートが失ったものも、また。

「けれど私、王妃様の持ち物を盗んだことなど一度もないわ。相変わらず作り話がお好きなのね、あの方」

エステファニアは王妃の持ち物を盗んだことなど一度もない。飢えに耐えきれず女官達が運ぶ配膳台から、彼女の食べ残した残飯を盗み出したことなら幾度もあるが。

「心はお痛みになりませんの？　あなたのせいで――」

「……理由はどうであろうと、私のファリアス公爵家への降嫁は我が父であるこのエルサリデ王国の国王陛下がお決めになったこと。精々言葉にはお気をつけなさいませ、ロランディ侯爵夫人。貴女は今、王命に異議がある、とおっしゃっているのと同じよ。国民として、臣下として、許されることではないわ」

エステファニアの強い言葉に、初めてロランディ侯爵夫人がたじろいだ。王に叛意があるなどと王女から報告されたら、流石に彼女とてただでは済まない。

「この婚姻に異議があるのなら、ぜひそれをお決めになった陛下に直接抗議なさいませ。私に言われましても、今更どうして差し上げることもできませんもの」

エステファニアがそう言って艶やかに笑えば、侯爵夫人は手に持った扇を、指先が白くなるほど強く握りしめた。おそらく言い返す言葉が見つからないのだろう。

「ご用件はそれだけかしら？」

エステファニアが侯爵夫人を見やれば、彼女は屈辱に震えている。こんな小娘に言い負かされていることが許しがたいのだろう。

「それならこれで失礼いたしますわね。今後は常識的なお付き合いを期待しておりますわ」

エステファニアはそう言い捨てると、席を立ち、さっさと客室を後にした。

しばらく廊下を歩けば、客室の方から感情的な泣き声が聞こえてきた。だが振り返ることもなくそのまま自室へと戻って行く。きっと彼女のことが大好きな、この屋敷の使用人達がせっせと慰めることだろう。

部屋に戻り、床にしゃがみ込む。ひどく疲れていた。

慣れてはいても、むき出しの悪意を突き付けられれば、やはり磨り減るものがある。

早く王都へ、アルバラートの元へ帰りたい。甘やかしてくれる、彼の声が恋しかった。


週に一度、エステファニアは王都にいるアルバラートに手紙を書く。本当はもっと出したいけれど、忙しい彼に負担になるまいと我慢している。

書くことは、いつも同じだ。幸せな、穏やかな時間を過ごしていると、そう偽りの言葉を連ねる。辛いことも、苦しいことも、何もないのだ、と。

『今日は庭を散策したの。薔薇が綺麗に咲いていて、春を感じたわ。最近入ったばかりの庭師見習いの少年が、とても頑張っていて、微笑ましいの』

ささやかな幸せを感じさせるような、そんな文章を心がけた。

ちなみにこの城で働き始めたばかりの、その庭師見習いの少年、頬に散ったそばかすが可愛らしいカルロはエステファニアに対し偏見がない。

　だから、エステファニアにとって、彼はこの城で気兼ねなく話せる唯一の存在だった。

「エステファニア様ぁ……もうやめましょうよ。危ないですし、ベネデット様にバレたらタダじゃ済まないっす」

　そんなカルロが泣きそうな声でエステファニアを止める。

「大丈夫よ。この城の者たちはみんな私に関心がないもの。多少部屋からいなくなったってばれやしないわ。もしバレたとしても、私がカルロを守ってあげる！」

　そして使用人達に冷遇されているエステファニアが、城でしおらしくしているだろうと思ったら、大間違いなのである。

　エステファニアはこのファリアス城に来てからというもの、城の外は危険だからという理由で一切の外出を許されなかった。どれほど望んでも、衛兵に城門を開けてもらえなければ、どうにもできない。

　おそらく、エステファニアの身の安全を確保するためには、それが一番手っ取り早く確実だからであろう。

　だがその一方で城の者達はエステファニアが城内で何をしていようが気にしない。おそらく城内なら安心だと慢心しているのだろう。ならばとエステファニアはこの城の敷地内を自由に動き回っていた。

そして庭の散策をしている際、仕事に遅刻しそうになり、正門に回る時間のないカルロが、生垣の陰に隠れた城壁の一部が崩れている場所から、こっそりと敷地内に出入りしている姿を発見してしまったのだ。子供や細身の女性ならば抜けられそうな小さな穴。

「抜け穴ってどこにでもあるものなのね」

エステファニアは此れ幸いと彼に協力を強いて、その抜け道から城の外へと遊びに行くようになったのである。お人好しなカルロはこの城に勤めだしてから日が浅いため、エステファニアに対し悪意を持っておらず、実に都合が良かった。

城にこもっていても、この城を管理しているベネデットをはじめとする使用人達からは何の情報も入ってこない。ならば、自分が城を出て情報収集をすればいいとエステファニアは考えたのだ。

城のすぐそばには大きな街がある。そしてその街歩きの仕方は、幼くとも兄弟を養い世慣れているカルロに教えてもらった。そして必要なお金は、手持ちの装飾品を一部、街の宝飾店に売り払って作った。

もともと好奇心と行動力には定評のあるエステファニアである。あっという間に街での過ごし方を身につけた。

そして、噂好きの街の人たちは、エステファニアに思った以上に情報をもたらしてくれた。

やはり、戦争が始まったらしい。物価の高騰が始まっている。

国王はアルムニア帝国との関係を切る方向に舵を取ったのだという。そして、反乱軍側につき、アルムニア帝国に軍を派遣したのだと。

それだけでも宰相補佐として働くアルバラートが、途方もない重圧の中で働いていることは、たやすく想像がついた。だからこそ。

『──ねえ、アルバラート。会いたいわ』

いつもその願いを手紙に書きかけては、破り捨てる。

アルバラートに、これ以上の心労をかけるわけにはいかなかった。

彼が良かれと思って送ってくれた公爵領でのエステファニアの生活が、ほとんど味方のいない孤独なものであるなどと、とても言えなかった。

それに、彼らの気持ちもわからないでもない。彼らの敬愛する主人の幸せを壊したのは、間違いなくエステファニアなのだ。敵視されても仕方がないとも思う。

「アルバラート様からお手紙が届いております」

今日もベネデットが渋い顔をして、エステファニアに手紙を渡す。すぐに嫌な顔はするし、態度は冷たいが、必要最低限のことはしてくれるので、それでいいことにしている。

エステファニアは、奪うようにその手紙を受け取ると、胸に抱いて幸せそうな顔をする。

使用人達は、相変わらずエステファニアを女主人として受け入れてはいない。

だが彼女が主人に対し並々ならぬ想いを持っていることは、認めているようだった。

『――僕の可愛いお姫様』

アルバラートからくる手紙は、いつもこの文言から始まる。

彼のお姫様であるのだと嬉しく思う心と、切ない心がせめぎ合う。彼の中で、自分はいつまで小さなお姫様なのだろうか、と。

『今、この国で起きていることを、まだ詳しく伝えることはできないけれど』

エステファニアは彼からの手紙の文字を、何度も指でたどる。彼らしい、くせのないお手本のような美しい字。

『今、ここで僕が頑張ることは、あなたを守ることでもあるのだと、そう思って日々精一杯過ごしています』

涙がにじむ。彼にそう思ってもらえる存在であることが嬉しい。

それだけで、いい。他には何もいらない。あなたが無事で、幸せであれば。それで。でも。

「アルバラート……会いたいわ」

書けない代わりに言葉が溢れる。はやく全てが終わればいいのに、と。そう涙をこぼしながらエステファニアは願った。

結局戦争が終わったのは、その一年後。エステファニアは十七歳になっていた。

その間、アルバラートは一度たりとも領地を訪れることはなかった。そして、徐々に送られてくる手紙の数も減っていった。

使用人達は、エステファニアはアルバラートに厄介払いされたのだ、と陰口を叩く。確かにそうなのかもしれないと、次第にエステファニア自身も思うようになっていた。

ベネデットとは相変わらず険悪な仲だ。だが、その一方で、わずかながらもエステファニアが理不尽な命令をしないこと、そして本当は真面目で優しい性格をしていることに気づいた使用人たちも少しずつ増えていた。

「カルロ、いつもありがとう」

今日も抜け穴からこっそりと公爵邸に戻ってきたエステファニアは、共犯であり、庭師の見習いでもあるカルロに声をかける。

今日も無事に街からエステファニアが戻ってきたことに、カルロはホッとする。彼女はこの国の元王女であるはずなのだが、お姫様とは思えないほど異常に行動力があって、気さくで、優しい主人だ。

まだ自身がこの城にきて日が浅いということもあるが、他の使用人達が、彼女に冷たく接する理由が、カルロにはまるで理解できない。

「エステファニア様……。旦那様に現状をお知らせしないでいいんで？」

カルロはこの城の連中が許せなかった。雇ってもらっている手前、ベネデットに直接抗議できない自分が悔しい。

「いいのよ。こんなことで旦那様の手を煩わせられないわ」

そう言って何でもないことのように笑うエステファニアが哀れで、カルロは納得がいかない。旦那様は一体何をしているのだろう。多少風変わりではあるが、こんなに若く美しい奥様を、こんな冷たいところに置き去りにして。

「……戦争が、終わったそうなの」

エステファニアは、街で仕入れた情報をつぶやいた。

エルサリデ王国は、アルムニア帝国と袂(たもと)を分かち、反乱軍に加担した。そしてついに政変は成り、アルムニア帝国は滅んだ。

そして、周辺諸国によってその領土を大幅に削り取られながらも、間もなくその場所に新たな国が誕生するのだという。

アルムニア帝国の皇女であった王妃と、その血を継ぐ王太子はこの先一体どうなるのだろう、とエステファニアはふと思う。

だがそれは自分ではない誰かが考えるべきことで、気にすることではないのだろう。

「……なのに、なぜアルバラートは迎えにきてくれないのかしら」

約束したのに、と悲しげにこぼされた言葉に、カルロは唇を噛み締めた。

全く同じことを考えていた。なぜ旦那様は奥様を迎えにこないのだろうと。

「ごめんなさいカルロ。これから来客があるの。きっと心が滅入るから、後で薔薇を何本かもらっていいかしら。部屋に帰った時に飾って、少しでも癒されたいの」

「はい、――奥様」

久しぶりに聞いたその響きに、エステファニアは泣きそうな顔で笑った。


「お久しぶりね。ロランディ侯爵夫人」

その来客は、一年前に叩きのめした、ロランディ侯爵夫人その人だった。

あれ以後は一切顔を見せなくなったので安心していたのだが、今頃になってエステファニアに面会を求めてきたのだ。

「お久しぶりでございます。ファリアス公爵夫人」

狂気を感じるような笑みを浮かべて、彼女は挨拶をする。エステファニアの背筋がぞくりと冷えた。なぜだろうか。彼女の目が、ここではない、違う場所を見ているような気がする。

「……それで、御用とはなにかしら？」

この面会を早く切り上げようと単刀直入にエステファニアが聞けば、侯爵夫人はニタニタと笑い出した。

「……娘の夫が、戦死いたしましたの」

エステファニアは思わず息を呑んだ。確か、ロランディ侯爵令嬢マリアンナが嫁いだのは現在将軍職にある伯爵だったはずだ。その彼が、アルムニア帝国への遠征で命を落としたと。

「まだ幼い子供を二人抱えて寡婦になってしまった娘は、それはそれは嘆き悲しんでおりますのよ。なぜ娘ばかり、こんな目に遭わなければならないのかしら」

侯爵夫人は相変わらず笑ったまま。表情と言葉の中身が一致していない。一体彼女は何を考えているのか。エステファニアはまたしてもゾッとする。

「そして、悲しむ娘を、アルバラート様がずっとつきっきりで慰めてくださっているそうなの。娘がそう手紙に書いてきましたのよ。アルバラート様がいるから、生きていけると」

冷水を浴びせられたような、そんな衝撃がエステファニアを襲った。だがそれでも動揺を表には出さぬよう、必死に表情筋を制御する。

「ねえ、エステファニア様。それって、本来あるべきものが、あるべき場所に戻っただけ、とはお思いになりませんか？」

エステファニアの体が大きく震えた。確かに、その間に割り込んだのは、自分だ。

「だから、私、思いましたのよ。エステファニア様が消えてくださったら、全てがうまくいくのにって」

流石に、目の前で死ねと言われたのは初めてだ。エステファニアは恐怖で手に持った茶器がカタカタと鳴った。周囲にいる使用人達も、流石に青ざめている。

ロランディ侯爵夫人は、完全に心を病んでいた。

「おっしゃりたいことはそれだけですか？　ではお引き取りください。申し訳ございませんが、あなたの希望には添えません。――それでは失礼」

エステファニアは支離滅裂な彼女の言い分を突っぱねると、すぐに立ち上がり、その場を後にした。彼女の面倒は、責任を持って彼女のことが大好きな使用人達が見ればいい。

「消えろ！　死んでしまえばいい‼」

背中に悲痛な叫びが聞こえた。エステファニアの心の中は荒れ狂う。

必死に足を動かして、自分の部屋へと向かう。

そして、部屋に入って扉を閉めた途端、床に這いつくばり絶叫してしまった。

「やってられないわよ‼」

この一年間、耐えに耐えてきた心の箍が、完全に外れてしまった。

そう、現実はいつだって残酷だ。夫は元婚約者につきっきり。情勢が落ち着いたらすぐに迎えに来ると言った約束さえも反故にされた。

きっと、これ以上良い子に彼を待っていても、どうにもならないのだろう。

もう認めるべきだ。やはり自分はここに、厄介払いされたのだと。

そう、努力は報われない。忍耐は報われない。

これ以上の我慢も努力も、するだけ無駄だとエステファニアは判断した。

「……そう。離婚をするのよ、エステファニア。それしかないわ」

自分に言い聞かせるようにそう言って、猛然と立ち上がり、大きな旅行鞄を取り出すと、さっさと荷造りを始める。

そして、荷物を詰め終えた鞄を衣装室へ隠した後、書庫に向かい、法律、宗教、地理、歴史の本を漁る。この国で、離婚をするのは難しい。相当の理由がなければ認められない。

だがそれでも、何かがあるはずだ。この結婚を破棄する方法が。隠された抜け道が。

この城の蔵書量は膨大だ。探せばきっと見つかるに違いない。

書庫にこもり続け、エステファニアはとうとう求める答えを見つけた。

(これならなんとかなりそう!)

——自分の人生を、選ぶのは、自分だ。だから。

エステファニアは、腰に手を当て高らかに笑って言った。


「さあ、待っていなさい旦那様! 引導を渡してさしあげるわ!」


こうして、元エルサリデ王国第一王女、現ファリアス公爵夫人エステファニアは、離婚を決意したのである。

そして、思いついたら即実行がエステファニアの信条である。戦争が終わった以上、こんな場所にはもう用はない。王都に戻る方法をすぐに考え始めた。

おそらく王都に戻ると言っても、公爵家の馬車は出してもらえないだろう。

だがエステファニアは度々城を抜け出し、近くの町に視察も兼ねて遊びに行っていた際、いざとなったときにいつでもここから逃げ出せるよう、王都へ向かう乗合馬車の経路を調べ上げていた。

そして、その日の深夜、エステファニアは脱出を決行しようと、荷物を持ってこっそり薄暗い城の中を移動していた。

結局ロランディ夫人は錯乱し、連れてきた護衛と共にそのままこの城に宿泊している。使用人達はそちらに気を取られている。今なら誰もエステファニアに気を留めていないだろう。

このままあっさりとこの城を後にできるに違いない。そう思った瞬間。

「侵入者だ‼」

どこかから叫び声が聞こえた。

一瞬自分のことかとエステファニアは目を見開く。

だが、続いて怒号と剣戟が聞こえてきた。エステファニアは慌てて近くに置かれた長椅子の陰に隠れる。

やがて、賊は使用人達を吹き抜けのある大広間に集め始めた。運の悪いことに、エステファニアの隠れた長椅子の近くだ。周囲には血の匂いと呻きに満ちている。どれくらいの被害が出ているのか。さすがのエステファニアも足が震えた。

どうやら賊はそれなりに統率された部隊のようだ。エステファニアはそっと長椅子の後ろから周囲を伺う。

すると、集められた使用人のうちの一人である、ベネデットと目が合ってしまった。

（……しまった！）

ベネデットによって、このまま賊に売られてしまうかもしれない。エステファニアは、どこかに逃げ道はないかと必死に探す。

(あの小窓からなら逃げられそうだわ)

この城は古いため、大きな窓は少なく、換気のための小さな窓が多い。その一つからならなんとか逃げられそうだ。

ただし、残念ながら大きな荷物は捨てることになるだろうが。エステファニアは急いで貴重品だけを身につける。

「──公爵夫人は、どこだ?」

賊が、ベネデットに剣を突きつけ、問いただす。

その賊の横には、ロランディ侯爵夫人が楽しそうに笑っていた。

「悪いけれど、エステファニア様には死んでいただかないといけないの。だから教えてちょうだい」

どうやら賊をこの堅牢(けんろう)な城に引き入れたのは、ロランディ侯爵夫人とその護衛のようだ。

もとよりそれを目的として、彼らはこの城にやってきたのだろう。外敵には強くとも、内側から鍵を開けられてしまえば、この城は脆(もろ)い。

「王妃様からのご命令なのよ。マリアンナの幸せのためなの。わかるでしょう?」

あなたたちだって、エステファニア様が嫌いなのだから、感謝されたいくらいだわ。

そんなことを子供のように幼く笑いながら言う。

エステファニアは戦慄した。彼女の心は、やはり間違いなく壊れている。剣を突きつけられ、跪いたベネデットも、愕然（がくぜん）とした表情でロランディ伯爵夫人を見上げていた。

「なんでかしら、こんな夜中に部屋にいないのよ。どこに行ったの？　見つからなかったら、殺せないわ」

エステファニアは覚悟を決める。ベネデットがこの長椅子を指差した瞬間に、ここから逃げ出さねばならない。だが。

「ここでエステファニア王女に死なれたら、アルバラート様がその責を問われることになるだろう！　言うわけがない！」

そんなベネデットの叩きつけるような言葉に、エステファニアは驚き目を見開く。

彼は我が身を惜しんで、エステファニアを売ろうとはしなかった。

やはりベネデットの、アルバラートへの忠誠心だけは本物のようだ。確かに王女であるエステファニアがここで命を落としたら、アルバラートもただでは済まないだろう。ロランディ侯爵夫人には、そんなこともうわからなくなっているようだが。

少し安心して、エステファニアは笑う。ならば十分だ。

自分もまた、女主人としての義務は果たすべきだろう。

長椅子の陰から、換気用の小窓までの距離を目で測る。

(これくらいなら、余裕だわ)

そう、自分ならば。

そして苛立った賊がベネデットに向かい剣を振り下ろそうとした、その瞬間。


「――――私はここよ!」


そう叫んで、エステファニアは長椅子の陰から飛び出した。

驚いた賊が、ロランディ侯爵夫人が、エステファニアを見た。

その漆黒の髪、王家の象徴である紫の瞳、美しい儚げな美貌。

お忍び用の質素なドレスを着てはいるが、伝えられた王女の特徴を全て兼ね備えているその姿に、皆が息を飲む。

そしてそんな自らの姿を見せつけた後、エステファニアは踵を返して軽やかに走り出した。

「その子よ! 早く殺して!」

ロランディ侯爵夫人が、感情的に叫ぶ。

「いたぞ‼　王女だ！　追え‼」

賊が使用人達を放置して、一斉にエステファニアを追いかける。

だが、動きやすい軽い靴に簡素な服装で走るエステファニアに、追いつける者はいない。

それでなくとも賊たちは無駄に重装備だ。俊敏さでエステファニアは彼らを圧倒していた。

かつて、アルバラートに賞賛された逃げ足は健在だった。

体の大きい賊達では潜ることのできない小さな小窓を猫のようにするりと抜けると、一目散に街につながるいつものエステファニア用の出入り口（城壁の隙間）に向かって走り出す。

脱出用の質素な暗い色のドレスと、背中を覆う長い黒髪は、彼女を闇の中に紛れさせた。

「くそっ！　なんて逃げ足だ！　どこに行きやがった！」

賊が毒吐（どくづ）く声が背後から聞こえて、エステファニアはまた笑った。

第六章　逃げた仔猫を知りませんか

「やっとここまできた……」

アルムニア帝国皇帝はその色欲を理由に、教皇から破門を言い渡され、それを起因として国内で反乱が起きた。

さらには国境を接する国々が、それに乗じてアルムニア帝国侵攻を始めた。

エルサリデ王国もまた、同じくアルムニア帝国と袂（たもと）を分かつことを決めた。

王妃は気が狂ったように「裏切り者」と泣き叫んでいたそうだ。

まさか嫁いだ国が、生国（しょうごく）と戦争することになるとは、考えてもいなかったのだろう。

王妃は人を甚振り、操り、蹴落とす術には長けていたが、政治には疎かった。

それまで王妃を取り巻いていた者たちは、手のひらを返して彼女の今までの所業に対し非難の声をあげた。自業自得とは言え、なんとも哀れなものだと思う
戦争は、もう避けられない状況になった。だが、勝機は見えている。

恐らくはこのエルサリデ王国内が戦場になることはない。だが戦争というものは、何が起こるかわからない。

よって、アルバラートはエステファニアを、国境から遠く離れた公爵領に避難させることにした。この緊迫した状況では、手元でエステファニアを守りきれないと考えたのだ。

アルムニア帝国と事を構える以上、現アルムニア皇帝の孫でもある王太子が王となる可能性は低くなった。

ならば、次の王となるのは、この国唯一の王女であるエステファニアということになる。

そのためアルムニア帝国に与する者たちによる暗殺のおそれもあった。

絶対に守りきらなければならない。それは彼女の父である王からも厳命されている。

アルバラートにエステファニアを領地に送った後の記憶は、ほとんどない。

それだけ毎日が忙しかった。朝から晩までひたすら寝食を忘れるほど働いた。

この国を絶対に守らなければという思いがアルバラートを支えていた。

エステファニアからは定期的に手紙が届いた。そこには領地での穏やかな日々の様子と、そして、アルバラートのことを労わる言葉で溢れていた。

執務室に持ち込んだエステファニアの小さな肖像画を見つめる。意志の強そうなまっすぐな菫色の目がアルバラートを見返す。

「……待っていてくれ。全てが終わったら、迎えに行くよ」

忙しく、まともに返すことができない手紙の代わりに、何度も姿絵にそう話しかけた。

たまに屋敷に帰れば、飛び込んでくる温もりが恋しかった。

朝、目が覚めた時、いつも腕の中にあった温もりが恋しかった。

「……ああ、寒いな」

遠く離れてから、その存在の大きさにアルバラートは打ちのめされていた。

(……まいったな)

だがこの戦争が終わったら、おそらくエステファニアは自分の妻ではなくなるだろう。

——そして、やがてはこの国の王となる。

この国では、他に男性の継承者がいないときに限り、女王の即位が認められている。ただし、それは王族であることが条件だ。

よって、全ての片が付いた後、降嫁したエステファニアを王族として復権させるため、アルバラートとエステファニアの婚姻は、元々解消されることが決まっていた。

王妃の迫害から王女を守るためだった、という名目で教会に白い結婚を申し立てるのだ。

教会は現在アルムニア皇族に対し良い感情を持っていない。そんな中で王妃が行なったエステファニアへの虐待の証拠は数多くあり、また幼くして結ばれた婚姻であることもあって、おそらくその主張は容易に認められるだろうと思われた。

最初から決められていたことだ。それなのに、こんなにも胸が苦しいのは、何故なのだろうか。アルバラートにはわからなかった。

そして多くの犠牲を出しつつも、戦争は終結した。

四百年の長きにわたって繁栄を続けた大国は、とうとうこの世界からその姿を消した。

多くの領土を周辺諸国に削り取られながらも、反乱軍の首魁により、帝国の跡地には新たな国が建国されることとなった。

戦争には勝利したが、それにより犠牲になったものもまた多くあった。

その一つが、遠征軍を率いていた将軍マルティン伯爵、つまりはアルバラートの元婚約者であり、幼馴染であり、そして親友であるマリアンナの夫であった。

彼は、戦場で命を落とし、妻子の元に戻ることはなかった。

『軍人を夫に持つ以上、覚悟はしていたの』

愛する夫の突然の死に、そう気丈に言うマリアンナは、その一方で幼い二人の子供を抱え途方に暮れていた。

その姿は酷く危うく、戦後処理の殺人的な忙しさの中でも、アルバラートは時間の許す限り彼女の様子を窺った。

アルバラートは間違いなく、彼女の夫を戦場へと送り込んだ人間のうちの一人だった。よって罪の意識もあった。

さらには伯爵家の財産を狙うハイエナのような親族達が、彼女に群がった。彼女を見捨てるわけにはいかず、アルバラートはすぐに彼女の子供達の後見人となった。

たとえ恋や愛ではなくとも、マリアンナは大切な友人だった。

『先に逝かれることはわかっていたの。でもこんなに早く別れがくるなんて、思わなかったの』

彼女がそう言ってアルバラートに縋り付き泣き叫んだ時、アルバラートは逆に安堵した。吐き出すことは大事なのだ。心も、涙も。

やがて戦後処理が落ち着き、マリアンナも自分を取り戻した頃には、戦争が終わってすでに三ヶ月が経過していた。

「ようやく、エステファニア様を迎えに行けるな」

そう、執事のベルナンドと喜びあった。やっと彼女をこの手に取り戻せると。

彼女は、会えなかったこの一年で、どんな淑女に成長したのだろう。

楽しみなような、怖いような、そんな心持ちで向かった公爵領で、アルバラートを待っていたのは、数日前に城が襲われ、エステファニアが行方不明になった、という報告だった。

賊とその首謀者であるロランディ侯爵夫人は、襲撃後に駆けつけた公爵家の私兵によって捕らえられたという。

ロランディ侯爵夫人は秘密裏に王妃とつながっており、その命令で動いていたようだ。そして、捕まえられた賊は、王妃から遣わされたアルムニア帝国の残兵だった。

王妃を頼り、アルムニア帝国からの亡命者が多くこの国に入り込んでいた。彼らは、エステファニアさえ亡きものにすれば、王太子がそのままエルサリデ王国の王位につけると考え、そして、彼を傀儡(かいらい)とし、アルムニア帝国の復興を目指すつもりだったらしい。

エステファニアが無事に逃げられたのならいい。だが、事件が解決した後も、彼女は帰ってこない。彼女の過ごしていた部屋には、彼女の筆跡で「もう戻らない」とだけ書かれた書き置きが見つかった。

「どういうことだ？　いったい何があった！」

だが、そこにいる使用人達は、一様に言葉を濁している。城を任せていたベネデットすら、アルバラートと目を合わせようとはしない。

「お前達は、一体何をしていたんだ……！」

激しい怒りをたたえたアルバラートの言葉に、使用人達は、震え上がった。

「……あの、一つ聞いてもよろしいですか？」

その中で、一人の少年が歩み出て、アルバラートに話しかけた。彼の亜麻色の髪に鼻に散ったそばかすで、エステファニアがよく手紙に書いていた「カルロ」という名の庭師見習いの少年だと気付く。

「なんだ。話せ」

「旦那様は、エステファニア様を、厄介払いのためにここに追いやられたのではないのですよね」

あまりにも想定外のことを聞かれ驚いたアルバラートは、あんぐりと口を開けてしまった。

「当たり前だ！　いったいなぜそんな話になった！」

「使用人達が皆、そう言っていました。だから、エステファニア様は、絶対そんな人じゃないって、ずっと悔しく思ってて。エステファニア様がいなくなってから、俺、もし本当にそうなら旦那様にクビになってでも文句を言ってやろうと、そう思ったんです」

怒りで、アルバラートの目の前が赤くなった。

「ベネデット……。説明をしろ！　どういうことだ！」

「申し訳ございません……！　ロランディ侯爵夫人が、エステファニア様のせいで旦那様とマリアンナ様が婚約破棄したのだとおっしゃっていて……」

「僕が一度でもそんなことを言ったか？　ここへエステファニア様を連れて来たベルナンドが一言でもそんなことを言ったか？　お前達の主人はいつからロランディ侯爵夫人になった⁉」

「けれど、ロランディ侯爵夫人が、王妃様から聞いた間違いのない情報だと……！　だから我々は……！」

王妃が、エステファニアの悪評を社交界に垂れ流していることを知っていた。だが、いずれは全ての真実が白日の下に晒され、立ち消えるものとして、放置していた。だがそんなアルバラートの考えは甘かったようだ。まさか、こんな地方にまで噂が流布しているとは。

「エステファニア様との結婚とマリアンナとの婚約破棄は全く関係がない。そもそもエステファニア様との結婚の話は、僕が婚約を破棄したからこそ王から持ち出された話だ。それに王妃は今回の母国の敗戦で失脚した！　そもそもあの女がエステファニア様について話すことは、全て義理の娘を貶めるための虚言でしかない！」

使用人達は、教えられた真実に、愕然とした表情をしている。

「それなのにあの方は、私たちのために囮になって……」

そして、まるで告解をするように、エステファニアにこれまでしてきた仕打ちをぽろぽろと自供していった。

「なんて、ことだ……」

アルバラートは頭を抱えて呻いた。これまでエステファニアから来た手紙に、こんな悲惨な状況は書かれていなかった。

仕事が忙しかったこともあり、彼女が何不自由なく幸せに暮らしているのだ、と。そう勝手に思い込んでいた。

「なんて、ことを……‼」

アルバラートの恫喝(どうかつ)に使用人達は一様にうなだれ、真っ青な顔をしている。

「……今はエステファニア様を捜すのが先だ。お前達の沙汰は後ほど追って言い渡す。覚悟しておくがいい」

使用人達の逃亡と略奪を防ぐため、私兵を城の門に固めると、すぐにアルバラートは王都へと向かった。

「エステファニア……！　頼む……！　無事でいてくれ……！」

彼女が、必要以上に我慢をしてしまう性質であることを知っていた。きっと忙しいアルバラートを煩わせまいと、必死に耐えていたのだろう。

それなのに、自分は忙しさにかまけて彼女を放置した。

この一年間、いったいどんな思いで、あの小さなお姫様は暮らしていたのだろう。

「僕は馬鹿だ……！　本当にどうしようもない馬鹿だ‼」

（幸せにすると、守ると、誓ったのに）

それなのに、自らの手で王宮での日々を彷彿(ほうふつ)とさせるような、針のむしろへと送り込んでしまった。

小さく体を縮めて泣きじゃくるエステファニアの姿が、アルバラートの瞼の裏にちらつく。

いっそ自分を殺してやりたくて、アルバラートは頭をかきむしった。

王都へ戻る道すがらも、必死でエステファニアを捜した。だが、エステファニアが見つかることはなかった。

そんな中でも、今回の戦争で犠牲になった兵士たちの慰霊式典だけは、職務上欠席するわけにいかず、アルバラートは寝不足でふらふらの状態で王都に戻り、出席した。

そこには喪服を着たマリアンナも出席していた。

「酷い顔よ。アルバラート。大丈夫？」

そう心配してくれる彼女もまた、酷い顔色をしている。そんな彼女に、母であるロランディ侯爵夫人の所業を伝えることができず、アルバラートはそっと目をそらした。

「大切な人の安否がわからないというのは、こんなにも苦しいものだったんだな……」

アルバラートの言葉に、マリアンナが目を伏せた。戦場に行った夫を待つ彼女の気持ちが、真実、わかった気がした。

彼女の夫を戦場に送り出したのは、自分たち内政の役人だ。

たとえ、それが避けられない戦争だったとしても。

だからこそ、戦後処理の忙しい中で、最愛の夫を亡くし、一時は生きる力すら失っていた彼女の世話を焼いたのだ。

遺された子供達のために、ようやく彼女は前を向き始めていた。

その姿に安心してエステファニアを迎えに行ってみれば、取り返しのつかないことになっていたわけだが。

鎮魂の鐘が鳴る。ほとんど食べ物が喉を通らず、随分と痩せてしまっていたマリアンナが、ふらっとよろけた。

「大丈夫か？」

慌ててアルバラートが、その細い肩を支える。夫を思い出したのだろう。マリアンナははらはらと涙をこぼし始めた。

そんな彼女を慰めようと、アルバラートはその薄い背中をそっと撫でてやった。

——その姿を、今まさに捜している妻に見られているなど、思いもせずに。

（——ああ、やっぱり。そうなのね）

遠くから、見事な金の巻き毛をした美しい女の肩を抱く夫の姿を見て、エステファニアは乾いた笑いをこぼした。

王都に向かう道中で、目的地を同じとする善良な老夫婦に出会い、戦争から戻ったであろう夫に会いに行くのだと言えば、同情され、女性一人の旅は危険だからと心配され、娘と偽(いつわ)っての同行を提案された。

ありがたくそれを受け入れ、ゆっくりとした行程で乗合馬車を乗り継ぎながらようやくたどり着いた王都。彼らと別れたところで鎮魂の鐘の音に引き寄せられ、向かった大聖堂。

そこには、元婚約者とともに式典に参列する夫がいた。久しぶりに見る夫の姿は、記憶しているものよりも随分と窶(やつ)れていた。仕事が忙しかったというのは、嘘ではないのだろう。だが、寄り添う二人は、とても自然で。互いを想い合っているように見えた。

鎮魂の鐘が鳴り響くなか、自分の恋が終わっていくのを、エステファニアは感じていた。

心のどこかで、嘘であってほしいと思っていた。けれど、やはり現実は残酷だった。

(そばにいればよかったのかしら。離れたくないと泣きつけばよかったのかしら)

今となっては、もうどうにもならないことだと、不毛なことだと、わかっている。

それなのに、過去を思い出してはいったい何が間違っていたのかと自問自答してしまう。

そして、重い足取りで公爵邸別邸へと向かった。

門に着けば、エステファニアの姿を見た門番が目を見開き、慌てて屋敷に走っていく。彼が戻るまでの間、彼女はぼうっと懐かしい建物を見ていた。

自分の人生において、最も幸せな時間を過ごした場所。

しばらくすると執事のベルナンドが血相を変えてこちらへ走って来た。いつもならきっちりとまとめられている彼の髪が、随分と乱れている。そんな姿が珍しくて、エステファニアはふと笑みをこぼしてしまう。

彼はエステファニアを見ると、くしゃりと顔を歪めた。

「おかえりなさいませ奥様……！　よくぞご無事で……！」

そして、おいおいと男泣きを始めた。どうやらベルナンドにも随分と心配をかけてしまったようだ。エステファニアも、彼が呼んでくれた「奥様」という響きに、思わず涙しそうになった。

ファリアス領では、皆が頑なにその敬称でエステファニアを呼ぶことを、拒んだから。

――ずっと帰ってきたかった。王都の公爵家別邸。

「本当に、うちの愚息が申し訳ございません……！」

ベルナンドが声を詰まらせる。どうやらファリアス領でエステファニアがおかれていた状況を知っているらしい。

詳しく聞いてみれば、アルバラートとは、彼がエステファニアを迎えにファリアス領へと向かった際に、行き違いになっていたらしい。老夫婦と共に歩きと乗合馬車でゆっくりと移動してきたエステファニアは、さらに王都へとまっすぐにとんぼ返りした彼の馬車に、抜かされてしまったようだ。

そしてアルバラートは、自分の城でエステファニアが置かれていた状況を知ったそうだ。

「旦那様のお怒りは凄まじいものでした……。もちろんエステファニア様に無体を働いた息子は勘当いたします。そして公爵家から追放し、二度と奥様の前に顔は出させません。旦那様も厳罰に処せとおっしゃっております」

成人したとはいえ、血を分けた息子だ。ベルナンドにとって、それは辛い決断だろう。エステファニアは、今となってはそこまでベネデットに恨みを持っていない。

「きっと私も女主人として至らない点があったのよ。だから――」

「そういう問題ではございません。奴は使用人として、してはならないことをしたのです」

使用人の身でありながら王妃と侯爵夫人の流した信憑性のない噂を信じ、主人の命令を無視し、独断でエステファニアを冷遇した。それは許されることではない、とベルナンドは繰り返した。

確かにそうなのだろう。だが、その一方で彼らはアルバラートに対しては深い敬意を持って仕えていたのだ。だからこそ、その大切な主人の妻に突然現れたエステファニアが収まることが許せなかったのだろう。

それが独善的なものでも、彼らもまたアルバラートを大切にしていたのだ。

だが自分がどこまで口を出していいのかわからず、エステファニアは口をつぐんだ。

その後、久しぶりに入った自分の部屋は、何一つ変わっていなかった。

家具には埃（ほこり）一つ付いていないし、お気に入りだった薄桃色のカーテンやリネン類も定期的に洗濯され交換してくれていたらしい。ほのかに石鹸（せっけん）の良い香りがした。

いつでもエステファニアが帰ってこられるように、使用人達が管理してくれていたのだ。

部屋に戻ってすぐに一通の手紙を書いて、ベルナンドに発送してもらった。その宛先を見た彼が不可解そうな顔をしたが、曖昧に笑ってごまかす。

それから懐かしくも優しい侍女達に手伝ってもらって湯浴（ゆあ）みをし、体の隅々まで洗い上げた。公爵領からの旅の過程で随分埃っぽくなっていたので、すっきりした。

侍女たちが退室した後、柔らかな寝台に体を横たえる。そこに置かれた懐かしい大きな熊のぬいぐるみを見て笑う。大きすぎて連れて行けなかった、大切な友達。

ここを出て一年。エステファニアは十七歳になっていた。

本来ならすでに社交界デビューをする年齢だ。流石にもうぬいぐるみは似合わないだろう。それでも懐かしくて、思わずぎゅっとその大きく柔らかな体を抱きしめてしまう。それから目を瞑り自分が最も幸せだった日々を頭の中で反芻する。眦から、一筋の涙が流れた。

そして安心したからか、そのまま眠ってしまったようだった。

何か温かなものが頬に触れて、ふと意識が浮上する。

うっすらと瞼を開ければ、そこにはランプの光に照らされたアルバラートの顔があった。

随分と疲労の色の濃い、酷い顔をしている。だが、その影が一層彼の美貌を引き立てているようで、エステファニアは彼に見とれてしまった。

「……起こしてしまいましたか？」

頬に触れたのは、彼の手のひらだったようだ。存在を確かめるように、もう一度アルバラートの手が優しく頬を撫でる。エステファニアは気持ちよさそうに目を細め、その手に頬をすり寄せた。

「おかえりなさい。アルバラート」

もう幼い頃のようにてらいなく、旦那様とは呼べなかった。

エステファニアが小さな声でそう言うと、彼は力なく笑う。

「それは僕の台詞(せりふ)です。心配しました……。本当に」

苦しげな響きに、どれだけ彼に心配をかけたのかと、エステファニアは反省する。まさかすれ違ってしまうとは思わなかったのだ。

「……辛い思いをさせましたね」

アルバラートはエステファニアに深く頭を下げて、詫びた。良かれと思って王都から避難させたはずだったのに、エステファニアを苦しめてしまったと。王宮での生活を思い出させるような真似は、したくなかったのに、と。アルバラートはエステファニアにひたすら懺悔(ざんげ)をした。

「領地に行って、あなたがいなくなったことを知って、酷く慌てました。どうしてそんなことになったのかと使用人たちを問い詰めたら、庭師のカルロが教えてくれました。彼らが君に酷い態度を取っていたと」

なるほど、カルロから情報が流れたのか、とエステファニアは納得する。

そばかす顔の明るいお人好しの少年を思い出し、エステファニアは笑う。

彼がどれほどの勇気を持って、アルバラートに真実を伝えてくれたのか。

「使用人達は自らの行為を認め、どんな沙汰も受け入れると言っています。今回はすぐ王都に引き返したため処分は保留になっていますが、後ほど必ず責任を取らせます」

エステファニアは目を見開く。正直なところ、使用人達は皆エステファニアのことをアルバラートに悪く言い、保身に走っているのだろうとさえ思っていた。

彼らは間違っていたが、やはりアルバラートに対し、深い忠誠心を持っていたのだろう。

「本当に……苦労をかけてしまいました」

どうやら彼は、エステファニアが領地での環境に耐えかねて家出したと思っているらしい。大したことではないと思っていた。なのに、そう労られて、思わず両目から涙がこぼれた。

傷つく必要はないとわかっていても、剥き出しの悪意は心を摩耗させた。

「別に、大したことじゃないわ……」

エステファニアは手で涙を拭うと、ツンと顔を上げて言った。それでも王宮での生活に比べれば、余裕で耐えられる範囲だった。むしろ生ぬるいとすら思っていた。

よって、自分があの城を出奔した理由は、別にある。

「では、なぜ公爵領を出たのですか？」

そんな彼女にアルバラートは困った顔をする。

すると、エステファニアは気まずそうな顔をして、やはりそっぽを向いた。それは今、話せる内容ではない。

「……心配したんだよ。僕の可愛い仔猫姫。言いたいことがあるのなら、どうか言ってくれ」

アルバラートは眉をひそめ、苦しそうに繰り返しそう言った。彼の両目の下の濃い隈に、心から申し訳ないと思うが、吐かれたその言葉に、エステファニアは腹の底から怒りがふつふつと湧き出してきた。

「……いい加減にしてくださる？」

溢れた声は、思った以上に冷たく響いた。

突然のエステファニアの豹変に、アルバラートは驚き目を見開く。

「何が仔猫よ。この私の、一体どこが、小さいというのかしら」

そして、一句一句、アルバラートに言い聞かせるようにはっきりと言ってやった。

最初は嬉しかった。実際に自分は子供であったから。

けれど、成長するたびに、その言葉はどんどん重くのしかかり、そのうち苦痛に思うようになった。「子供だから、女としては見られない」と釘を刺されているように感じた。

自分は彼から、一人の女性として認められていないのだと。

「言っておくけれど、私の身長はすでに女性の平均を超えてましてよ。年齢ならとうに社交界デビューをしている歳でしてよ。さらに言うなら、胸だって大きい方でしてよ」

男性の方は大きい方がお好きなのでしょう？　そう言って、エステファニアは大きさを強調するように、胸を張った。

アルバラートは困った顔をして、目を泳がせている。おそらくは逃げ道を探しているのだろう。だが、エステファニアの理性は完全に振り切れていた。逃すわけにはいかない。

これが、最後の機会なのだから。

エステファニアはアルバラートの顔を両手で包むようにして固定する。

そして、自らの菫色の目をしっかりと、アルバラートの空色の目に合わせた。

吸い込まれるようなその瞳に、彼が思わず見とれたところで。

エステファニアは自らの唇を、アルバラートの唇に押し付けた。

「んんっ……！」

驚いたアルバラートが唇の隙間から声を漏らす。唇に感じる柔らかな感触にエステファニアの胸が一杯になる。

一度顔を離してみれば、アルバラートはまだ状況を理解していないようで、目を見開き唖然とした顔をしていた。

怖くなったエステファニアは、拒否の言葉を言われる前に、もう一度唇を押し付けた。

すると今度は勢いがつきすぎたらしく、カツンと前歯同士が当たってしまった。格好が悪いことこの上ない。

しかもほのかに鉄の味がする。どうやらアルバラートの唇に歯を当てて傷つけてしまったようだ。

恥ずかしくて、アルバラートの顔を見ることが怖くて。ぎゅっと目を瞑り、ただひたすら唇を押し付けたままでいた。これ以上、どうしたら良いのかわからなくて泣きそうになったその時。

「んっ……！」

それまでされるがままだったアルバラートの唇が、食むように動いた。驚いたエステファニアが思わず唇を開けてしまうと、そこから口腔内へ熱を持ったものがぬるりと入り込んでくる。

（……え？　これって何？　アルバラートの舌？）

知らぬ感覚に体が怯えて逃げようとすると、背中に手を回され、拘束される。そして、それはもっと奥まで入り込んできた。

エステファニアの舌を絡めとって吸い上げたり、並んだ歯を一つずつ確認するようになぞったり、喉の奥まで舌を伸ばされ探られたり、上顎の粘膜を擦られたりと、エステファニアの知らぬ深い口づけを仕掛けられる。

しかも互いの唾液を混じり合わせ、わざとくちゅくちゅと水音を立てて、エステファニアの羞恥を誘う。

（なんなの？　こんなの、知らない……！）

エステファニアは混乱の極みだった。男女の間で交される行為の中身を、実はほとんど知らなかったのだ。

口づけとは、唇の表面をくっつけあうだけのものだと思っていた。たまに読んでいた、恋愛小説のように。

口腔内に収まりきらなかった唾液が、口角から溢れていく。こんな生々しくていやらしい口づけは、知らない。

ようやく解放された時、既にエステファニアの体からは力が抜け、くったりとアルバラートに寄りかかってしまった。

「……満足しましたか?」

意地悪そうなアルバラートの声がする。正直言って未体験の事態にお腹がいっぱいである。これ以上のことなどとても無理だと羞恥心が叫ぶ。だが。

「してないわ……!」

負けず嫌いのエステファニアは言い返すと、着ているネグリジェのリボンに手をかけた。震える指で、必死にリボンを解く。そして、一気にそれを脱ぎ捨てた。

正直羞恥で死にそうだが、この機を逃せばもう次はないことを、エステファニアは知っていた。

そしてエステファニアの張りのある若々しい大きな乳房と、ほのかに紅色に色づいたその頂があらわになる。

アルバラートはあっけにとられた様子で、ただエステファニアの裸身を見ていた。

彼に見られていると思うだけで、不思議と胸の頂がツンっと甘い痛みを感じ、そして下腹部が疼いた。

そして、最後にドロワーズに手をかける。これを下げることに、最も勇気が必要だった。それでも呼吸を整え、覚悟を決めて一気に足元に落とす。

そこには髪の毛と同じ、黒い下生えがある。それはとても薄く、うっすらとエステファニアの秘部の形が透けていた。

完全に生まれたままの姿になって、アルバラートにその裸身を見せつける。間違いなく自分は、もう熟した大人だ。むしろ、今が、最も美しい時だと思う。

だから、女として、ちゃんと愛してほしかった。

「ねえ、アルバラート。私、もう十分大人でしょう？　子供なんかじゃないでしょう？」

（……だから、一度だけでも、構わないから）

エステファニアはアルバラートに抱きついて、そのまま寝台に押し倒す。

アルバラートはされるがまま、寝台に沈んだ。エステファニアはそんな彼に勢いよくのしかかり。

「ねえ、お願い。ちゃんとあなたの妻にして……」

そう請いながら、アルバラートに抱きついた。

そして、そこで、エステファニアの猛進は止まってしまった。

（……こっ、ここからどうしたらいいのかしら……？）

何故ならば、エステファニアの知識もまた、ここで止まっていたからである。

男女が愛を交わす場面のある小説を読んだり、演劇を見たりしたことがあるが、だいたいが肝心の場面で暗転し、次の場面では朝方となり、小鳥の鳴き声が聞こえる寝台の中で、裸で抱き合って終わってしまうのだ。

つまりは具体的なことが、何一つわからない。

「どうしました？　やっぱり怖くなりましたか？」

アルバラートが少し意地悪く聞いてくる。怖いわけではない。そんなことよりも事態は深刻であった。

「……私、ここから先はわからないの」

思わずそう零せば、アルバラートが目を丸くする。

このままただ裸で抱き合って眠れば良いのだろうか。だがそれも何か違うような気がする。

エステファニアの体の奥が何かを欲しがっている。それが何かはわからないけれど。

「ねえ、アルバラート。私、これからどうしたらいいの……？」

感情が揺れて、視界が潤む。もう泣いてしまいたい。なんて情けない、自分。

「くっ……！」

するとアルバラートが堪えられないというように吹き出した。

「あはははは……！」

そして、声を上げて笑い出した。なんという仕打ちだ。こんなにもエステファニアが思い詰めているというのに。

笑われたエステファニアが恨みがましい目でアルバラートを見ていると、彼はひとしきり笑った後で、笑いすぎて溢れた涙を手でぬぐい、半身を起こす。

それから、エステファニアに向けて、その手を差し伸べてきた。

「……おいで、エステファニア。そこから先を教えるのは、夫である僕の役目だ」

呼び捨てられ、飾らない言葉をかけられ、エステファニアはきゅうっと胸が締めつけられた。

そして吸い込まれるように、彼の手に自分の手を重ねる。

すると、その手を握り込まれ、ぐんっと勢いよく引っ張られた。

「きゃっ！」

小さな悲鳴をあげて、エステファニアの体が寝台に沈む。そのうえに、アルバラートがのしかかってきた。

彼を見上げてみれば、その目が今まで見たことのない、熱を宿している。

「……それじゃあ望み通り、僕の妻にしてあげるよ」

そう言われた瞬間、エステファニアの下腹部がぎゅっと締め付けるように甘く疼いた。

そう、かつて、約束したのだ。大人になったら、ちゃんと妻にしてくれると。

「アルバラート。お願い。して……」

うっかり「妻に」という主語が抜けた。それを聞いたアルバラートの目が、さらに凶暴な色を宿した。

エステファニアにのしかかったまま、アルバラートも服を脱いで、次々に寝台の横に落としていく。エステファニアが思っていたよりもたくましく均整の取れた身体が、ランプの明かりで浮かび上がる。

（なんてきれい……）

エステファニアは思わずほうっと見惚れてしまう。そんな彼女にアルバラートは笑った。

「触ってみるかい？」

誘われるまま、腕を伸ばし、彼の胸板をペタペタと触ってみる。見た目のまま硬い。自分よりも体温が高いのか、温かい。

「……っ！」

するとうっかり指先が、小さく膨らみ色づいたアルバラートの乳首に触れてしまった。

彼が震え息を詰める。そして胸元にあるエステファニアの指先を握りしめると、そこに口付けを落とした。

「いたずらな手だなあ」

不可抗力だとエステファニアは心の中で叫んだが、「そんな手はこうしてしまおう」とアルバラートは指を絡ませ寝台へと押し付けた。

そして、また唇が落ちてくる。少し慣れたこともあって、エステファニアは今度はちゃんと目を瞑ることができた。

ちゅっちゅっと小さな音を立てながら触れて軽く吸うだけの口付けが繰り返される。それが心地よくてエステファニアはうっとりとした。肌と肌が触れ合うことが、こんなにも気持ちがいいなんて知らなかった。

次第に口づけが深くなっていく。初めての時は混乱したがこれもなんとか慌てずに受け入れた。彼と自分の境界がわからなくなるくらい、互いの口腔内を探り合う。

緊張からか心臓がばくばくと音を立て、血行の良くなったエステファニアの肌が桃色に染まっていく。その様子を、嬉しそうにアルバラートは眺めていた。

やがてアルバラートの指先が、エステファニアの肌の上を滑りだした。まるでその形を確かめるように撫でられて、くすぐったさに身をすくませる。思わず逃げそうになるが、しっかりと体重を掛けられ身動きが取れない。

「あっ、やっ、くすぐったいわ……！」

口づけの合間に抗議をするが、アルバラートはやめてくれない。不思議と息が上がり、視界が潤んでくる。くすぐったさが少しずつ落ち着き、代わりに今まで感じたことのない感覚がぞわりぞわりと襲ってくる。

アルバラートは、エステファニアの白い乳房に顔を埋め、そして両手で柔らかさを確かめるようにその膨らみを揉みしだく。

淡く色づいた乳輪を指でなぞられると、その頂にツンとした甘い感覚が走る。気になって見てみれば、そこは色味を増し、ぷっくりと立ち上がっていた。

どうにもむず痒くて、エステファニアは身じろぎをする。どうしてもそこに刺激が欲しい。その頂を触ってほしい。

「あっ、あ、アルバラート、おねがいっ……！」

縋るようにアルバラートの腕に手を這わせると、彼は一つ笑って、その胸の尖りを指先で弾いた。

「ひぁあっ‼」

待ち望んだ甘い刺激に、エステファニアは思わず甘い声を上げてしまった。するとそれに気を良くしたのか、彼はさらに乳首を摘み、軽く捻（ひね）った。

「きゃうっ！　やっ！」

強すぎる刺激に、背中をのけぞらせてしまう。すると胸をアルバラートの方へ突き出してしまう形になり、彼はその木苺（きいちご）のような愛らしい頂を舌でぺろりと舐め上げ、口に含み、吸い上げた。

「ああっ……！　だめ……！」

温かくねっとりとした新たな刺激に、エステファニアはおかしくなりそうだった。

（もう、ダメ、本当に変になっちゃう……！）

その上、弄（いじ）られている胸だけでなく、なぜか下腹部までがムズムズして、エステファニアはその感覚を散らすように、腰をくねらせる。

「どうしたの？　エステファニア」

アルバラートが意地悪く聞いてくる。耐えきれないエステファニアは、目に涙をためながら切々と訴えた。

「お腹がおかしいの。熱くてきゅうって締め付けられるの……助けて……！」

与えられる快感に、幼い口調でアルバラートに助けを求めてしまう。

この刺激を与えているのがそもそもアルバラートであるのに、アルバラート自身に助けを求める矛盾に気付きもしない。

「エステファニアは本当に可愛いなあ。それじゃ調べてみようか」

アルバラートの手が下肢へと伸ばされる。そして脚と脚の隙間にある割れ目に、その指を這わせた。するとクチュクチュと粘着質な水音がして、エステファニアは粗相(そそう)をしてしまったのかと真っ青になる。

「ごめん、なさい。私……！」

「違うよ、大丈夫。これはごく普通の、正しい反応だから」

本当だろうか。不安そうな顔をするエステファニアに、アルバラートは笑って提案する。

「それじゃ確認してみようか」

そして、彼女の脚を大きく割り開いた。そしてそこにある割れ目を指で開いてみる。

「や！　見ないで……！　そんなところ汚いわ……！」

エステファニアにとってそこは不浄の場所であり、人に見せるような場所ではない。

慌てて脚を閉じようとするが、すでにアルバラートが彼女の脚の間に体を割り込ませていて閉じることができない。

「そんなところ、だめなのっ……！」

必死に抗議するが、彼はどこ吹く風である。

「だって、エステファニアは僕の妻になるんだろう？　夫だけは妻のここを見ても良いことになっているんだよ」

そうなの、だろうか。世間知らずのエステファニアにはわからない。

だが夫であるアルバラートがそう言うのなら、逆らえない。

「汚くなんかないよ。本当に綺麗だ……」

彼が小さく感嘆の声を上げる。そして、指でエステファニアの陰核の包皮をそっと剥いた。

すると小さな慎ましい桃色の肉の芽が現れる。そこは酷く敏感で、アルバラートの息がかかるだけでもエステファニアはびくびくと身を震わせてしまう。

そんな場所を、彼は口付けてちゅうと吸い上げた。

「あああああーっ!!」

その瞬間、目の前で火花が散ったような気がした。圧倒的な快感が走り抜け、エステファニアは背筋を反らして絶頂する。ガクガクと足が震え、胎内が脈動した。

「ああ、エステファニアは随分と感じやすいんだね……」

アルバラートが股の間で嬉しそうに笑う。そしてまだ脈動を続ける秘所を舐め上げた。

「ひっあ……！　だめっ！　待って……！」

度を超えた快感は苦痛だ。達したばかりでさらに敏感になっているそこを甚振(いたぶ)られ、エステファニアは泣き叫んだ。身体を捩り逃げようとするが、太腿(ふともも)をアルバラートにがっちり押さえつけられていて、逃げることができない。

「だめぇ……！　おねがい、ゆるして……！」

泣きながら懇願して、ようやく彼は口を離してくれた。

エステファニアが安堵したのもつかの間、今度は中に指をつぷんと沈められる。

「はぅっ……！」

彼の指が自分の中に入り込んでくる違和感に、また情けない声を上げてしまう。

「ほら、エステファニア。ここに穴があるのがわかるかい？」

「――っ‼」

ぐにぐにと膣壁を擦られて、エステファニアは腰が浮く。確かにそこに穴がある。自分でも知らなかった穴が。

「ここが、子供を作る場所だよ。エステファニア。ここに男の生殖器を埋め込んで、精を吐き出すことで子供を作るんだ」

「せいしょくき……？」

「触ってみるかい？」

アルバラートに手を取られて導かれた場所にある、熱く硬い棒状のものに触れさせられた。

それは滑らかな触り心地で、先端が少し濡れている。そっと握ってみれば、どくどくと脈を打っていた。

（これを、私の中に、埋め込む……？）

「む、むり……！　入らないわ……！」

思わず悲鳴をあげる。アルバラートの指一本ですら苦しいというのに、こんなに太くて大きなものが自分の中に収まるとは到底思えなかった。

「大丈夫。女性はこの穴から赤ちゃんだって出せるんだから。僕に任せて」

アルバラートがにっこりと笑ってそう言うのだから、きっと大丈夫なのだろう。ふわふわとあやふやになってきた思考のまま、エステファニアは彼に自分の身を委ねることにした。

膣内を探るようにアルバラートの指が動く。

「でもやっぱりきついなあ。エステファニア、もうちょっと力を抜ける？」

緊張で身体にどうしても力が入ってしまうのだ。困ったようにアルバラートを見れば、彼はエステファニアを安心させるように、にっこりと笑った。

そしてまた唇に柔らかな口づけが降りてくる。何度も何度も心地の良い口づけを繰り返されるたびに、少しずつ身体の力が抜けていく。

気が付けば、膣内を探る指が二本に増えていた。くるりとなぞられたり、出し入れをされたりしているうちに、その指先が、ある一点に触れた。

「やっ‼　そこ、変……！」

「うん、ここだね」

抗議したというのに、アルバラートはむしろそこを重点的に攻めてくる。違うと叫びたいが、口から溢れるのは嬌声（きょうせい）ばかりだ。

「ああっ、やっ！　ひぃん！」

「うん。気持ちよさそうだね、エステファニア。嬉しいよ」

アルバラートのことをどこまでも優しい男だと思っていた。だがそれは彼の一面に過ぎなかったようだ。まさか、こんな嗜虐（しぎゃく）的な顔を隠し持っていたなんて。

情け容赦なく快感を引き出していく彼の手に、エステファニアは彼の認識を改めた。

「そろそろいいかな。エステファニア。このまま力を抜いていてね」

エステファニアを苛（さいな）んでいた二本の指が引き抜かれ、代わりに熱く猛（たけ）ったものが、入り口に当てられる。

思わず引いてしまいそうになった腰を、アルバラートにしっかり押さえつけられる。

そして、優しい口付けを受けた、その時。

「ん――――――っ！」

熱くて硬い杭を打ち込まれた。めりめりとエステファニアの小さな膣を押し拓きながら、その杭はどんどん奥へと進んでいく。

下腹部の痛みに上げた悲鳴は、アルバラートの口に吸い取られた。

（痛い痛い痛い……!!）

じくじくと鈍く響く痛みに、生理的な涙がボロボロと眦からこぼれ落ちる。やがて、アルバラートが腰を止めた。

「……大丈夫かい？」

アルバラートが優しくエステファニアの髪を撫でて、労わるように聞いてきた。

明らかに大丈夫ではない。エステファニアは思わず恨みがましい目で彼を睨んだ。

「これで、終わり？」

祈るような気持ちで泣きながら聞けば、アルバラートはにっこりと満面の笑みを見せた。エステファニアはうっかりその笑顔に見とれてしまう。

「――――まさか」

そう言ってアルバラートは、彼に見とれていたせいで体から力の抜けたエステファニアの中に、一気に己のものを根元まで押し込んだ。

　パンっと肌と肌がぶつかった音がした。

「ひいっ……！」

　酷い痛みとともに、何かが引きちぎれたような感覚がする。そして、腰が打ち付けられて、パンっと肌と肌がぶつかった音がした。

「……とりあえず、これで全部入ったよ。よく頑張ったね」

　良い子、とばかりに、汗で湿った髪を撫でられる。痛みで朦朧（もうろう）としながら、それでもエステファニアはアルバラートの言葉に安堵する。

　そして、彼の手が心地よくて、うっとりと目を細めてしまう。

「これで、わたし、アルバラートのつまになれたの？」

　舌が回らず、幼くアルバラートに聞いてみる。すると彼は手のひらで目元を揉んで、「なんなのこれ可愛すぎるんだけど」などとブツブツと言いだす。

　不安そうに彼の目を覗き込めば、彼はエステファニアのこぼした涙を舌でなめとった。

「そうだね。でもまだこれで終わりじゃないんだ。ごめんね」

　ちっとも悪いと思っていなさそうな声で詫びられて、エステファニアは震え上がった。どうやらまだ何か続きがあるらしい。

「少しだけ動くね」

　そしてアルバラートが緩く腰を揺らす。その度に傷ついた膣の中が擦られて、強い痛みをもたらす。

「痛い……！　痛いのアルバラート……！　うごかないで……」

「うん。痛いよね。じゃあ少し気持ちよくなろうか」

そう言うとアルバラートは、繋がった場所のすぐ上にある、与えられた刺激ですっかり赤く腫れ上がってしまった敏感な芽に触れた。

「ひあぁっ……！」

優しく触れられただけなのに、甘い痺れが走る。そのまま指の腹で押しつぶされれば、腰が跳ねた。

執拗に陰核を捏ねくり回されているうちに、痛みが快感へと書き換えられていく。そして、その快感は杯に溜まる水のように少しずつ蓄積し、やがて溢れる時を待つ。

「はっ、あ……うあっ……！」

エステファニアの口からこぼれるのは、もう意味をなさない音だけだった。

一度は痛みで乾いてしまった蜜口から、またじわりじわりと蜜が溢れ出す。

「ん、そろそろ大丈夫そうだね」

そう言っているアルバラートも、どこか余裕がなさそうだ。額には玉の汗を浮かべ、苦しそうに眉を寄せている。その顔をさせているのは自分なのだ、と思うと、何故かまた下腹部がずくんと甘く疼いた。

「アルバラートもいたいの……？」

心配になって聞けば、アルバラートは驚いたように目を見開いて、それから吹き出した。

「ふふっ……！　本当に可愛いなあエステファニアは。大丈夫だよ。痛いんじゃなくて、君の中が気持ちよすぎて辛いんだ」

気持ちが良すぎて辛い、という状況は先ほど散々味わわされたので、理解できた。

「わたくし、どうしたらいい？」

アルバラートが辛いなら、助けてあげたいと思う。するとアルバラートはまた「なんなの……本当に……このあざとさは天然なの……？」などとよくわからないことをブツブツつぶやく。

それから、またエステファニアににっこりと笑いかけた。

「それじゃあ、酷いこと、酷いことしてもいい？」

――酷いこと。現状でも相当酷いことになっている気がするが、それ以上ということだろうか。

（――それでも、いい）

酷いことをされたい。一生忘れられないくらいに、酷いことを。

「……いいわ。アルバラートの好きにして」

エステファニアも笑った。このまま壊されてしまったとしても構わないとさえ思えた。

すると、アルバラートの顔から、ふと笑みが消えた。

「それならもう、遠慮はしないよ」

そして、一度エステファニアの胎内から抜けてしまうすれすれまで腰を引くと、勢いよく根元まで打ち込んだ。

「アアッ……！」

目の前に火花が散ったような気がした。エステファニアは思わず獣のような声を上げ、身体をのけぞらせてしまう。

そして、そのまま何度も何度もアルバラートはエステファニアに激しく腰を打ち付けた。

肌と肌がぶつかる音と、粘着質な水音の中が部屋中に響く。

痛みは依然として消えない。けれどその中にも生まれる何かが、エステファニアを苛む。

「やっ、アッ！　ああッ！」

打ち付けられるたびに、衝撃で声を上げてしまう。最奥を突かれ、抉られ、次第にエステファニアの身体は、膣内でも快感を拾い始めた。

「やっ！　お腹、熱いのっ……！」

助けを求めるようにアルバラートの体に縋り付いて訴えれば、アルバラートは呻いた。

「本当に、もう……！」

可愛すぎるだろう、そう耳元で呟かれて、エステファニアは思わずぎゅっと中を締め付けてしまった。

「くっ！」

アルバラートは喉を鳴らし、恨みがましくエステファニアを見る。

「このいたずらっ子め……！」

そして、やり返すように、エステファニアの陰核を指先でつまみ上げた。

「ひぁ……!!!　ダメ……！」

分かりやすい快感に、思わず身をよじるが、アルバラートは許してはくれない。

激しい抽送に合わせて、陰核を擦られ、押しつぶされ、やがて溜まりきった快感が決壊する。

「あああああーっ!!!」

絶頂に達し、背中とつま先が反り返る。全身にむず痒いような感覚が走りガクガクと震え、やがては弛緩する。

だが、きつく締め付けながら脈動を繰り返す膣内を、アルバラートはあえて激しく抉った。

「まって……！　今ダメ……！　おかしくなっちゃっ……」

エステファニアが泣き叫ぶが、アルバラートはやめてくれない。

「やあっ……！」

絶頂が長く続き、なかなか降りてこられない。過ぎた快感は、苦しい。

「うん、僕も限界だ……」

そう言ってから、アルバラートは、エステファニアに一際強く腰を打ち付けて、その温かな胎内に、欲望を吐き出した。

「はっ……」

アルバラートが深く息を吐いて、ぶるりと震える。繋がった部分が、びくびくと脈を打つ。

酷使した体が悲鳴を上げている。声を上げ過ぎて嗄れた喉も、大きく開かされた脚の関節も、いたぶられ過ぎた胸の頂も、はじめて男性を受け入れたその場所も。

じくじくと甘い痛みを伝えてくる。――だがそれ以上に、充足感が心を満たしていた。

「アルバラート……？」

甘えるように、彼の名を呼んだ。そして、滲んだ視界に彼の顔を映す。

だが、アルバラートは、わずかに後悔を滲ませた顔をしていた。この状況は彼の本意ではなかったのだろう。目が合えば、慌てて取り繕うように笑顔を作った。

エステファニアの心に、ぎしりと軋む音がした。

「ごめんなさい……」

思わず詫びた。

「ごめんなさい、アルバラート……」

彼の意思を無視した。自分の望みを優先した。

――でも、これが最後だから。

「許して……」

「エステファニア。謝るのはどう考えても僕の方だ」

アルバラートは不思議そうに首をかしげる。そして、エステファニアを抱きしめ、その背中を宥(なだ)めるように優しく撫でた。

触れ合う肌とアルバラートの手のひらの心地よさに、疲れ切っていたエステファニアは、泣きながら、やがて意識を失ってしまった。


エステファニアが目を覚ますと、アルバラートはまだ眠っていた。

まるで逃すまいとするように、身体をたくましい両手に囲われている。目の前にある彼の胸元に耳を当てれば、規則正しい心臓の音がした。目を瞑って、その音に耳を澄ませる。

それからそっと彼の顔を見上げた。

窓から差し込む朝陽を受けて、銀の髪がきらめく。普段仕事で室内にこもっているからか、日に焼けることのあまりない肌は真っ白で、透き通るようだ。

――これで、おしまい。だから覚えておくのだ、ずっと、一生。

最後に一度だけでいいから、一人の女性として、自分を見てもらいたかった。

そして、その思い出を胸に、これから先の人生を生きていこうと決めていた。

怖いくらいに整った、この世のものとは思えない美しい顔を、目に焼き付けるようにエステファニアはじっくりと見つめる。

それから彼の腕をそっと抜け出す。深く眠っているからだろう。思ったよりもあっさり抜け出すことができた。

アルバラートは朝が苦手だ。太陽が出たばかりのこんな早朝に、起きるわけがなかった。綺麗な彼の空色の瞳が見られないことを少し残念に思いつつ、エステファニアは寝台から下りた。

「――――っ！」

立ち上がろうとすると、足に力が入らない。膝に手を当てて、慣れるまで待つ。

なんとか感覚が戻ってきて、歩こうとすれば、体内からこぽりと粘着質な白い液体が溢れてきた。

足を伝うものを見て、エステファニアは数時間前のことを思い出し、恥ずかしさに身悶えした。無知のくせに暴走して色々とやらかしてしまった。

まさか舞台や小説で良くあるように、恋人や夫婦が抱きしめあい、暗転し、朝になって小鳥がチュンと鳴くまでにこんなにも恥ずかしく、そしてとんでもないことが起きているとは知らなかった。一つ大人になってしまった。

我ながら追い詰められると何をしでかすかわからなくて怖いな、などと失笑する。

荷物の中から旅の間に着ていた質素な衣装を取り出し、身につける。

そして、音を立てないよう、慎重に部屋の扉を開けた。

廊下に出ると、閉める扉の隙間から、眠るアルバラートを見つめる。

きっともう二度と、会うこともないだろう。

（哀れだからって、寂しい人間に優しくするからいけないのよ……）

涙が溢れそうになるのを、必死にこらえる。

寂しい人間が、突然優しくなんかされたら、その人を好きになってしまうに決まっているのだ。愛してしまうに決まっているのだ。

――一生分の恋をした。最後の思い出もできた。もうなにも思い残すことはない。

（大好き。どうか、どうか幸せになって）

そして、全てを断ち切るかのように、扉を閉めた。

厨房（ちゅうぼう）の方からはすでに使用人たちの気配がする。できるだけ姿を見られたくない。

（大丈夫、全て計画通りにいくわ）

それから急いでエステファニアは、荷物を持って屋敷の中を静かに移動する。

従業員や納品業者用の出入り口を抜け、裏口から屋敷の敷地外へと出た。そこにいる門番たちは、入ってくるものたちには目を光らせているが、出ていくものたちにはそこまでの注意を払わないはずだ。

できるだけ早足で歩く。いまだに足の間に異物感があり、昨日の夜のことを思い出しては、妙に内股になって赤面してしまう。

本当に驚くべき体験だった。世の夫婦が皆あんなことをしているなど、知らなかった。

「――こんな早朝に、何をなさっておられるのですか？」

すると突然背中に声をかけられ、エステファニアは飛び上がった。

振り返れば、そこにはベルナンドがいた。どうやら自分はとっくに見つかっていたらしい。

「あなたこそ、こんな時間に何をしているの？」

「一流の執事は誰よりも早く起きて、誰よりも遅く寝るものなのですよ」

それは知らなかった。エステファニアは少し笑う。

「外はまだ寒うございます。お部屋にお戻りください」

「行かなきゃいけないところがあるのよ。止めないでちょうだい」

「……どちらへ行かれるんです？」

「言えないわ」

エステファニアの頑（かたく）なな態度に、ベルナンドは困ったような顔をする。

「ではせめてお供いたします。お一人で出歩かれるのはおやめください」

老執事もまた引かない。確かに徒歩では目的の場所まで随分と時間がかかってしまう。

「絶対に私を止めないと、誓ってくれるならいいわ」

エステファニアはそう言って、彼の同行を受け入れた。そして、エステファニアは行先を告げる。それに、ベルナンドは目を見開いた。

「……修道院、でございますか？」

「ええ。祈りの道に入ろうと思って」

昨日、エステファニアは公爵夫人として、王である父に生まれて初めて手紙を書いた。

アルバラートと離縁がしたいこと。アルバラートには一切非はなく、ただ自分の我儘であること。そして自分は、修道院へ入るつもりであることなどだ。

このエルサリデ王国で、離縁をすることはとても難しい。この国の神は、一度夫婦となったのなら、生涯添い遂げることを強いる。

だがそれでも、不幸な結婚に身を置くことになってしまった者への救済処置はある。

それは修道院に入り、神に仕えることだ。神の元に召されたという形をとって離縁を成立させる。よって不幸な結婚をしたものは、修道院へと逃げ込むことになる。

そこで三年以上の年月を清らかに過ごせば、離縁が成立する。そしてその後は修道院への寄進次第で還俗することも可能だ。

それを繰り返すことで、生涯において何度か配偶者を変えた猛者もいるという。

エステファニアはすでに入る修道院を決めており、そこの院長にも手紙を送り、ある程度こちらの事情を明かしてあった。

「なぜ……？　アルバラート様をお捨てになるのですか？」

「違うわ。彼を自由にするの」

エステファニアと離縁できれば、アルバラートは自由だ。そうすれば、本当に愛した女を妻にすることができる。

戦没者の追悼式典で、二人が寄り添った姿を思い出す。

夫を戦で失ったマリアンヌを慰め、肩を抱いて労っていたアルバラートの姿を。

きっとあれが、本来のあるべき姿なのだとエステファニアは思ったのだ。

そして、自分がすべきことが、胸にすとんと落ちてきた。

エステファニアが割り込みさえしなければ、彼らは今頃とっくに夫婦として、幸せな日々を送っていたに違いない。

時間を戻すことはできないが、夫と死別し、独り身となった彼女に、今ならばアルバラートを返すことができる。

そこまで説明すると、エステファニアの目から次々に涙がこぼれ落ちた。

「私、アルバラートとの結婚が決まった時ね、彼を幸せにしようって誓ったの」

「ええ、そう仰っていましたね」

けれど、結局自分の力では彼を幸せにすることはできなかった。自分にできたのは、彼の手を煩わせることばかり。

「……だから、彼を幸せにするために、この手を離すことにしたの」

エステファニアさえ片付けば、アルバラートは本当に愛する女性と結婚も可能だ。だから。

――どうか、どうか幸せになって。

ずっと、母を愚かだと思っていた。理解できないと思っていた。母のようにはなりたくないと、ずっと思ってきた。

けれど、結局は彼女と同じ選択をした今なら、その心がわかる。

きっと母は、王を幸せにしたかったのだ。だからこそ、身を引いたのだ。

（本当に、馬鹿だわ私は）

母と娘は根本的などうしようもないところで、良く似ていた。

話を聞いたベルナンドは絶句し、それから大きく首を振った。

「お待ちください。おそらくは双方に多くの誤解があります」

「止めないでって言ったでしょ。……誤解なんてしていないわ」

本当は愛してほしかった。本当は自分だけを見てほしかった。

けれど、アルバラートは結局、一度たりともエステファニアに愛の言葉をくれなかった。

──身体を溶け合わせた時ですら。

昨夜、エステファニアはこっそりと最後の賭けをしていた。一度でもいい。嘘だっていい。愛していると言ってくれたのなら。諦めず、もう少しだけ頑張ろうと。

けれど、現実は残酷だ。誠実な彼は、何度も可愛いとは言ってくれたが、一度たりとも愛の言葉は吐かなかった。

人の心など、結局どうにもできないものなのだ。エステファニア自身が、どれほど報われないとわかっていても、アルバラートへの想いを変えることができないように。

（……でもその幸せを見届けられない、臆病な私を許して）

「お願いです。エステファニア様。落ち着いてアルバラート様と話し合ってください。取り返しがつかなくなるその前に」

「……だってアルバラートは優しいもの。話をしたらきっと、自分を犠牲にして、私の望むようにしてくれるわ。それは嫌だもの」

「大丈夫ですよ。安心してください。エステファニア様が思っておられるほど、アルバラート様の性格は良くありませんから。嫌ならちゃんと逃げる人です」

ベルナンドが主人に対し失礼なことを言った、その時。馬車が止まった。

「……あら？　着いたのかしら」

思ったよりもずいぶん早い。馬車の窓から外を眺めたエステファニアは、顔をしかめた。

数十人の兵士が馬車を取り囲み、逃げ道を塞ぐようにして立っている。

その鎧(よろい)についた紋章に、エステファニアは息を呑んだ。

「近衛騎士……？　一体何故……？」

王直属の部隊だ。混乱の中、エステファニアは必死で頭を動かす。

何故こんなことになっているのか。

思い付くのは父である王に向けて書いた手紙だけだ。離縁するつもりであること、修道院へ入るつもりであること。それらすべてを手紙に書いた。

だが、彼はエステファニアに興味などなかったはずだ。――何故、今更。

「お初にお目にかかります。エステファニア王女殿下。父君であられる国王陛下がお呼びです。ご同行願えますか？」

恐らく隊を率いているのであろう男が跪き、エステファニアに告げた。

なぜ彼らはいまだに自分を王女と呼ぶのか。しかも国王が自分を呼んでいる、などと。

「エステファニア様……！」

ベルナンドがエステファニアを守ろうと、自らの背後へと庇う。

一応は伺いをたてている形を作っているが、下手に抵抗し断ったところで、強制的に連れ去られることは明確だった。

「わかり、ました……」

王直属の精鋭たちだ。いくら足に自信があったとて、とてもではないがこの人数を撒いて逃げることなどできない。折れたエステファニアは、近衛騎士に促されるまま、用意された馬車に乗り込んだ。

ベルナンドの同行は許されなかった。必死にエステファニアと離れまいとしていた彼は、騎士の手によって無理やり引き離された。

そして、馬車に乗り合わせた騎士が言うことには、王はエステファニアから修道院に入るという知らせを受けてすぐに、王都内の離縁希望者を受け入れている修道院に兵士を差し向けたらしい。

そして、修道院に入る前に必ず彼女を捕らえるよう、命じていたらしい。

――だが、なぜそこまでするのか。正直嫌な予感しかしない。

そのまままっすぐに王宮へと連れていかれる。四年ぶりに見る王宮は、まるで見知らぬ場所のようだ。生まれてから十三年間、ずっと暮らしていたはずなのに、随分とよそよそしく感じる。もう、ここは自分の居場所ではないのだ、と再認識した。

兵士に案内されるまま、エステファニアは王宮の中を進む。

やがて、かつて一度だけ入ったことのある執務室の扉の前にたどり着いた。

確かあの時は、降嫁を言い渡されたのだったな、などと遠い記憶をなぞり、暗く笑う。今度は何を言い渡されるのだろう。

「――エステファニア王女殿下をお連れいたしました」

先ほどの騎士がノックをして室内へと声をかける。自分はもう降嫁し王族ではなくなっているはずなのに、先ほどから何故か王女殿下と呼ばれることを不可解に思う。

だからといって今の状況では、公爵夫人と呼ばれることにも抵抗があるのだが。

「――――入れ」

五年ぶりに聞いた父の声は相変わらず平坦で、何の感情も読み取れない。

「失礼いたします」

エステファニアは言われるまま執務室内に入った。そこにいたのは執務机に座った王と、老年の男。慰霊式典が行われた大聖堂で見かけた、確か現在宰相位にある男だ。

「お久しぶりでございます陛下。エステファニアでございます。お呼びと伺い参上いたしました」

無理やりだったけれど、と心の中で罵りつつ、エステファニアは淡々と挨拶をした。ひどく投げやりな気分になっていた。

すでに父である王には何の期待もしていない。今更何を言われても、心が動くとも思えなかった。

「お前が修道院に入るなどと、馬鹿なことを言い出すのでな」

面倒そうに言う言葉も、かつてと同じだ。

「アルバラートと離縁したいのですわ。そう手紙にもお書きいたしましたけれど」

エステファニアも面倒そうに言い返してやった。もう失うものがない彼女には、怖いものもなかった。殺したければ、殺せばいいのだ。

そこでようやく王が顔を上げた。エステファニアの姿を見て、少しだけ驚いたように目を見開く。

「どうなさいました？　亡霊でも見たような顔をなさって」

エステファニアは意地悪そうにせせら笑ってやる。成長した彼女は、亡くなった母セラフィーナにさらに似てきていた。

おそらくは、昔愛した女の亡霊でも見えたのだろう。

王が忌々しげに舌打ちをする。そのことにエステファニアは少しだけ溜飲が下がった。

「アルバラートが気に食わなかったか」

「そうですわね。そう考えていただければ」

アルバラートに非はない。ただエステファニアの我儘で彼を捨ててやったのだ。そう言えば、王は呆れたようにため息を吐いた。

「まあいい。そもそも修道院など行く必要はない」

「……そもそも？」

そんな王の言葉に、流石にエステファニアは聞き返した。

「一体どういうことです？」

じわじわと広がる嫌な予感に胸が重くなる。嫌な汗が噴き出す。

「言葉そのままの意味だ。もともとお前とアルバラートの結婚は名目上のものに過ぎん。修道院に行くまでもなく、この戦争が終わったら、白い結婚を申し立て、お前を王家に戻す予定だった。もちろんアルバラートも最初から承知しているぞ」

エステファニアの全身から、一気に血の気が引くのがわかった。

『白い結婚』——つまりは、夫婦間で肉体関係がないことを理由にして、結婚の無効を申し立てること。


いつまでたっても公爵夫人の部屋に移動させてもらえなかったのは。

いつまでたっても教会で正式な結婚式をしてくれなかったのは。

いつまでたっても子供扱いしかしてくれなかったのは。


『僕の可愛い仔猫姫』


親愛を込めて呼んでくれていた彼の声が蘇り、嘲笑混じりのものに変わって聞こえた。

(もともと妻ではなかったから、ということ……)

目の前が真っ暗になる。もう、何もかもが信じられない。

今まで必死に頑張ってきたことが、根底から突き崩された気がした。

なるほど、言われてみれば、結婚してもアルバラートは、常にエステファニアに対し敬語を崩さなかった。それは、妻ではなく、自分が仕えるべき王族としてエステファニアに接していたということで。

「つまりはお前を王妃の手から保護するため、一時的に公爵家に逃していただけに過ぎぬ。そしてお前はアルバラートと離縁した上で、隣国カルドの第二王子と結婚し、王位を継ぐことになる。教会によって破門されたアルムニア皇帝が斃れた今、その皇帝の血を濃く継ぐ王太子を、王位につけるわけにはいかぬのでな」

王の声は、もう聞こえなかった。ただ、心が悲鳴をあげた。

（どうして、どうして、どうして――）

――何故、自分ばかりが、こんなにも報われないのか。

絶望に囚われて、エステファニアの膝が抜け、その場に崩れ落ちた。

「なんだ、お前。やっぱりアルバラートに惚れていたのか」

小馬鹿にするように、エステファニアを見下しながら王が嗤った。

確かに自分は、いずれアルバラートの主君となるべく育てられていたのだ。妻などではなく。

もうエステファニアには、それに言い返す気力もなかった。恥ずかしくて、悲しくて。ただ、ここから、この世界から消えてしまいたかった。

——その時、執務室の扉がけたたましい音を立てて、開けられる。

「失礼いたします」

許可も得ずに執務室に入り込んできた聞きなれた男の声に、よく磨かれた大理石の床をぼうっと見つめていたエステファニアが、かすかに顔を上げる。

「……何しにきた。アルバラート。そなたなど呼んでおらぬぞ」

面倒そうに言う王に、アルバラートはにっこり笑って見せた。

「申し訳ございません。陛下。どうやら妻がこちらにお世話になっていると聞きまして」

最近家出癖がついちゃって困っているんですよ、などと笑うアルバラートに、王が怪訝な顔をする。

「一体何を言っているのだ。お前は」

「——ですから、妻を迎えに」

アルバラートは、王を相手に一歩も引かない。

エステファニアは、今、目の前に起こっていることの意味がわからず、混乱の極みにあった。

これまで頑なにエステファニアを『妻』と呼ばなかったアルバラートが、なぜか堂々と自分を妻と呼んでいる。離縁を申し立てようとした、この時になって、はじめて。

わけがわからず、ただアルバラートを呆然と見つめる。

彼の美しい空色の目と合う。すると彼は、甘く笑って見せた。

ああ、やっぱり好きだ、と思ってしまった。こんなにも酷い扱いをされて、それでもなお。

「この戦争が終わればエステファニアは余に返す。そういう約束であろう?」

呆れたように肩をすくめて王が言えば、アルバラートは少し照れたように、頭を掻いた。

「いやぁ、それが、真っ黒になってしまいまして」

「――――は?」

意味がわからない、と今度は王が怪訝そうな顔をする。父のそんな間抜けな顔を見たのは初めてで、エステファニアはなんだか少し乾いた笑いをこぼしてしまった。

「ですから、白いはずの結婚が、真っ黒になってしまったんですよ、これがまた。もしかしたらエステファニア様のお腹にはすでに僕の子供がいるかもしれないので」

迎えに来ました、とアルバラートは胸を張って堂々と言った。

「――――は?」

やはり王が唖然とした顔をしている。

果たして父親の前で、娘とあんなことやこんなことを致したなどと、のうのうとのたまうのは如何(いかが)なものか、と現実逃避のようにエステファニアは考えていた。

「迎えに来たよ。エステファニア。一緒に帰ろう」

そう言って手を差し伸べて笑うアルバラートに、エステファニアはとうとう涙を溢れさせた。

第七章　公爵は仔猫に陥落する

「白い結婚だ。全てが片付いたら離縁してもらう」

そう、王は言った。エステファニア第一王女を、のちに女王にするつもりであると。

すでに彼の中でアルムニア帝国と袂を分かつことは決定事項であった。そしてアルムニア帝国に対する教会と国民の恨みは深い。アルムニア帝国が滅びれば現王妃との間にいる王太子は、世継ぎとしては不適格とみなされるだろう。

（この人は、自分の血を分けた子にすら、全く興味がないのだな）

きっと子供も、ただの駒の一つに過ぎないのだろう。

アルバラートが王に命令されたことは三つ。

エステファニアの身を保護し、守ること。

エステファニアにこの国の世継ぎとしての教育を施すこと。

白い結婚をし、時が満ちれば離縁して彼女を王家へと戻すこと。

所詮は期間限定の夫婦だ。だからこそエステファニアがアルバラートに釣り合うためと言って努力する姿を見るたびに、アルバラートの心は痛んだ。

（本当のことを知ったら、彼女はどう思うのだろうか）

今のように信頼に満ちた目で見つめられることも、てらいのない笑みを向けてもらうことも、きっとなくなるのだろう。

そして、共に過ごすうちに、エステファニアはアルバラートにとって、かけがえのない家族になっていた。

彼女をまたあの魑魅魍魎(ちみもうりょう)ばかりの王宮へ戻すことに、疑問を覚えるようになった。

この国の王になることが、彼女の幸せとはどうしても思えなかったのだ。

確かにエステファニアは賢く強い子だ。おそらく、良い王になるだろう。

だが、彼女をまるで駒のように使われることを不快に思う。

だからこそせめて自分だけは、保護者として、大人として、彼女の意思を尊重する人間でありたいと、そう思ったのだ。

――――そう思っていたのに。

(なんでこんなことになっているんだろうか……?)

「んんっ……!」

驚いたアルバラートが唇の隙間から声を漏らす。唇に感じる柔らかな感触に、一体何が起きたのかと、頭の整理が追いつかない。

唇同士が触れたのは一瞬。顔が離れれば、エステファニアの顔がよく見えた。

彼女の菫色の目は、完全に据わっていた。とてもではないが初めての口づけをした少女の顔ではない。どちらかといえば、前線に向かう新兵のような顔である。

「ん――――っ!」

そしてまた唇が押し付けられる。今度は勢い余って互いの歯がぶつかった。

ガツンという衝撃と共にわずかな鉄の味がする。どうやらアルバラートの唇が切れたようだ。

先ほどとは違い、今度はなかなか離れようとはしない。だがその口づけは、本当に唇同士をくっつけているだけの、拙(つたな)いもので。

おそらくそれがエステファニアの精一杯なのだろう。彼女の初めての口付けは、なんとも色気のないものだった。

アルバラートはなんだかおかしくなってきてしまった。エステファニアが可愛くてたまらない。このところの睡眠不足もあって、彼もまた多少頭が沸いていた。

アルバラートは思い切って食むように唇を動かした。エステファニアの体がびくりと震える。緊張して体がガチガチになっているのがなんとも可愛らしい。

それから舌で彼女の唇を舐(ねぶ)ってみれば、ビクビクとさらに体を震わせた。上唇を吸い上げてわずかにできた隙間から、そのまま口腔内へ舌を押し込む。

驚いたのか、身を引こうとした彼女を、動けないように抱きしめて拘束する。

「んーっ！　んっ！」

籠もった声を漏らすエステファニアに、確かに下半身にじわじわと欲望が湧き上がってきた。

これまでエステファニアのことを、性的な目で見たことなど一度もないというのに。

離れていた時間のせいか、もう、目の前の彼女が、たまらなく美味(おい)しそうな獲物にしか見えない。

くちゅくちゅとあえて水音を立てながら、舌を絡め、吸い上げ、そして歯列を丁寧になぞる。上顎の粘膜をくすぐってやれば、口角から溢れた唾液がこぼれた。

散々貪(むさぼ)ってから解放してみれば、エステファニアの体から、くたりと力が抜けてしまっていた。

彼女を見つめ、アルバラートは感嘆のため息を漏らす。

（ああ、本当に――綺麗になった）

もう、自分の元から飛び立つだけとなった、美しい蝶。

「……満足しましたか？」

そして意地悪く言ってやった。これに懲りて、少しは男に警戒心を持てばいいと。そう自虐的に思った。

――だが、エステファニアの次の行動は、アルバラートの想像をはるかに超えていた。

なんと、彼女はそんなアルバラートに反発し、突然服を脱ぎ出したのだ。

アルバラートは唖然とした。彼女の行動の不可解さと、彼女の身体の美しさに。

上向きで張りのある、よく育った大きな胸、引き締まった腰から柔らかそうな尻への曲線が絶妙で素晴らしい。

まるで男の理想をそのまま具現化したような、蠱惑的な身体。

思わず見惚れてしまった。確かにこれでは彼女のことを、もう小さなお姫様と呼ぶことはできないだろう。

裸のままアルバラートにのしかかり、約束通り妻にしろと詰め寄って来た彼女は、だがそのとんでもない行動からは信じられぬほど、性的な知識が全くなかった。

「……私、ここから先はわからないの」

泣きそうな声でそう言われたときは、びっくりしてしまった。

「ねえ、私、どうしたらいいの……？」

潤んだ目でそう問われた時、アルバラートの中で、ぷっつんと箍が外れた。つまりは堕ちた。

こんな美しい女に身を投げ出されて、妻にしてくれと懇願されて。恋に落ちないわけがないのだ。アルバラートは、もう、エステファニアが愛しくて愛しくてたまらなかった。

白かろうが黒かろうが、彼女は今自分の妻で、自分は今彼女の夫なのだ。愛し合って何が悪い。

寝不足による全能感が、アルバラートを満たしていた。

彼女を幸せにしない王の命など知ったことではない。

そんな風に思う自分がおかしくて、アルバラートは声を上げて笑う。

「……おいで、エステファニア。そこから先を教えるのは、夫である僕の役目だ」

そして、アルバラートは彼女へ手を差し伸べた。

初めて抱いたエステファニアの体は、素晴らしかった。

若い肌は張りがあり、滑らかで、どこもかしこも柔らかかった。

ほんの少しだけ低くかすれる喘ぎ声も、感じやすくてすぐに蜜をこぼすところも、何もかもがまるで、自分のためだけに誂えられたかのようだ。

『幼い少女を一から自分好みの女に育て上げると言うのも、なかなか乙なものでございますよ。一種の男の夢と申しますか』

という古狸執事の言葉がうっかり頭をよぎったのは、ここだけの話だ。

破瓜の瞬間、彼女の初めての男になったのだという征服欲に満たされ、うっかりすぐに吐精しそうになったのも、ここだけの話だ。

ことが終わって頭が冷静になった時、寝不足で暴走して随分と手酷く抱いてしまったと後悔したが、エステファニアを抱いたことへの後悔はなかった。

王と交渉し、許可を得て、彼女と正しく夫婦になろう。そう思った。

そしてエステファニアを抱きしめてぐっすりと眠り、次に目覚めた時、すでに太陽は空高い位置にあった。どうやら空気を読んだ使用人達が、起こしに来なかったらしい。随分と長く惰眠を貪ってしまった。

だが、久しぶりに心ゆくまで眠り、爽やかに目が覚めたのは良いが、何故か隣にいるはずの妻がいない。

先に起きたのかと思いきや、エステファニアは屋敷の中にいなかった。彼女の荷物もなかった。つまり彼女はまた、出て行ってしまったのだ。

どうやら自分は、十歳も年下の妻にやり逃げされてしまったらしい。

「……悪いけれど、もう、逃がさないよ」

彼女が行きそうな場所はどこかと頭を巡らせていると、ベルナンドが血相を変えて屋敷に戻ってきた。そしてアルバラートの元へとやってくると、慌てふためいた様子で緊急事態を告げる。

「エステファニア様が国王陛下に連れて行かれてしまいました……！」

ベルナンドの中で、この国の王は、エステファニアに害をなす人間という認識なのだろう。

それはアルバラートの中でも大差なかった。

アルバラートはすぐに王宮へと馬車を走らせた。そして、自分の仕事場でもある国王の執務室へと向かう。

扉の向こうから、誰かが言い合う声が聞こえた。それから小さな泣き声と、崩れ落ちるような音。こらえきれず、思い切り扉を開けた。

すると目の前には、力なく床に頽(くずお)れたエステファニアがいた。気丈な彼女が、絶望を顔に貼り付けている。

その姿を見た瞬間。アルバラートはなにがなんでも彼女を屋敷へ連れ帰ろうと決意した。

「迎えに来たよ。エステファニア。一緒に帰ろう」

そう差し伸べられた手にすぐ縋りそうになった自分を、エステファニアは必死に戒める。

自分は、彼を幸せにするためにその手を離したのだ。

「……行けないわ」

「……なぜ？」

「だって、あなたに幸せになってほしいから」

「ごめん。意味がわからない。今ここで君にこの手を取ってもらえないと、僕は間違いなく不幸になるんだけど」

どうして彼はそんな残酷なことをいうのだろう、とエステファニアは思った。

「何だお前たち。真っ黒ということはそういう関係になったんじゃなかったのか？」

呆れたように王が口を出してくる。エステファニアは羞恥で顔に熱が集まってくるのがわかる。本当になんてことを言うのだ。

「だって！　アルバラートは他に好きな人がいるでしょう⁉」

思わずカッとなって、猛然と立ち上がり、エステファニアは叫んだ。

「私がいなくなれば、その人と結婚できるでしょう！」

エステファニアの、決死な、血の滲むような叫びだった。

——だというのに、王もアルバラートも不可解そうな顔をしている。何故だ。

「ほう。なんだアルバラート。余の娘を妻としながら他に女がいたのか」

「違います！　そもそも横恋慕したのは私ですから！　陛下は黙っていらして！」

「あー……まさかエステファニアまで誤解している？」

「誤解ってなによ！　慰霊式典で肩を抱いて寄り添う姿を見たもの！」

「やっぱりそれってマリアンナのことだよね？　あれはただ貧血を起こして倒れかけた彼女を支えただけなんだけど」

「だってアルバラートは私のせいで彼女と婚約を破棄したんでしょう⁉　本当は愛し合っていたのに──」

「……おい。それは違うぞ」

全く関係ないはずの王がまた口を出してきた。黙れと言ったのに。何故だ。

「そもそもお前の降嫁の話をアルバラートに押し付けたのは、こいつが婚約解消をしたからだ。しかも理由はこいつがマリアンナに捨てられたからだぞ」

「……は？」

初めて聞かされる新事実に、エステファニアは唖然とする。

「もともとマリアンナがマルティン伯爵に恋をして、僕に婚約を解消してほしいと言ってきたんだ。彼女は年上好きで、二十歳以上年上の男性じゃないと恋愛対象にならないそうでね」

「……は？」

「お前を騙したのは王妃か。あれは人の心を不快に揺さぶる天才だな。多分真相を知っていながらお前を焚きつけたんだろうさ」

「………」

思い返してみれば全てに心当たりがあり、エステファニアはもう何も言えなくなってしまった。今までの悩みや苦しみは、一体何だったのか。思わず脱力し、ヘナヘナとまた床に座り込む。

「でも大体それって、最初に僕に相談してくれたら、簡単に解決する話だったよね」

全くもってその通りだった。あっさり王妃とロランディ侯爵夫人の掌の上で踊ってしまったらしい自分が、恥ずかしくて死にたい。

「さて。それじゃ答え合わせが済んだところで。一緒に帰ろうか。エステファニア」

そう言ってアルバラートは脱力して床に這いつくばっているエステファニアを抱き上げようとした、その時。

「待て。まだこちらの話が済んでいない」

王に引き止められた。……行儀悪くアルバラートが舌打ちしたのを、エステファニアは聞かなかったことにした。きっと彼の胃はまたキリキリと痛んでいることだろう。

「アルバラートとの婚姻継続を認めるわけにはいかぬ。大体アルバラート。そもそもお前は余の命令に逆らったということだな」

「長きにわたり、陛下の横暴に応えつつ、頑張ったと思うんですよね。僕。少しくらいご褒美をいただいてもいいと思うんですよ」

「自ら褒美をねだるか。良い度胸だな。アルバラート」

「それに密約を交わしていたカルドの第二王子でしたっけ？　彼の評判最悪ですよ。すでに愛人やら隠し子やらが山のようにわんさかいるとか。そんなのを王配に迎えたら、この国も淫蕩で破門されたアルムニア皇帝の二の舞になってしまいますよ？」

もとよりアルバラートはエステファニアを嫁にやるに値する男かどうか、カルドの第二王子について事細かに調べていた。そして彼の所業を知り、その証拠を集め、それを元にカルドとの間の密約を破棄するよう、王に求めるつもりだったのだ。

「ほう。それはいい情報を聞いた。だが、だからと言ってそなたが余の命令に反したことに違いはあるまい」

「ですからそこはご容赦を。人の心はどうにもできないものでしょう？」

へらへらと笑いながらアルバラートは言っているが、その空色の目にはあまり余裕はない。

このままではアルバラートに叛意があると勘違いされてしまう。エステファニアは慌てて彼を守るべく口を開いた。

「違います！　アルバラートは何も悪くない。いつだって私に紳士的に接してくれたわ。私がそれに堪えきれず、無理やりアルバラートを襲ったのです！」

そして叫んだ言葉で、執務室に妙な空気が満ちた。エステファニアはさらに言い募る。

「なんせ、修道院に入るつもりだったでしょう？　そうしたら一生清く正しく生きねばならないではないですか。だからその前に一度くらい男女の情というのを交わしてみたかったのです。つまり私が彼に襲い掛かった挙句、やり逃げしたのですわ！」

それを聞いた王が震えながら必死に笑いを堪えている。宰相は何も飲んではいないはずなのにひどく噎せている。

「くくっ……！　――おい、アルバラート。本当か？」

「……はあ、まあ、その。でも最終的には合意というか……必死になっているエステファニアが可愛くて可愛くて、もう、どうしても他の男にやりたくなくなっちゃったんですよね」

そしてさすがにアルバラートの目も少々宙を泳いでいる。彼を守るためとは言え、エステファニアは羞恥で死にそうである。だが、アルバラートにそうやって独占欲を持ってもらえたことは素直に嬉しかった。

「まあ、白かろうが、黒かろうがどちらでも良い。どうとでも誤魔化しようがあるだろう。お前にはやってもらわねばならぬことがあるのでな」

「……アルバラートと離縁させて、どこぞの第二王子と結婚させて、私を次代の王にすると言うお話ですか？」

「ああ、そうだ。なんなら一度離縁した後、アルバラートを再びお前の王配にしてやってもいい。王位を継げ」

「――お断りいたしますわ」

はっきりと、エステファニアは言った。そしてアルバラートに手を借りて立ち上がると、自分と同じ菫色の王の目をひたりと見つめた。

「……私はちゃんと覚えていましてよ」

その声は、執務室に凛として響いた。

「誰が、私に、何をしたのか」

母と共に、針のむしろの王宮で過ごした日々。母を失い、自らの存在をも踏みにじられながら過ごした日々。

王宮にいる人間は、誰一人としてエステファニアに救いの手を差し伸べることはなかった。いるのは母を妾と蔑み、自分を妾腹と軽んじた人間達だけ。

「今更手のひらを返されて王になれと言われましても、迷惑ですの」

そして、エステファニアはにっこりと笑った。

その笑みは凄みがあり、その場にいた人間達がたじろぐ。

「だがあなたはその後公爵家に保護され、何不自由ない生活を送っていたのでしょう。それは全て陛下の思し召し（おぼしめし）であり——」

「——だから、許せと？　そして、言いなりになれとでも？」

宰相の言い訳を、上から言葉をかぶせて叩き潰す（たたきつぶす）。今までこらえていた怒りが、腹の底からふつふつとこみ上げてくる。

「許す許さないは私が決めること。あなたに口出しをされる筋合いはなくてよ？」

父がエステファニアのことを思って、アルバラートに預けたとは到底思えない。

ただ駒の一つとして、死なれては困るから、避難させ、保護させただけだ。

「私が大切に思っている人間は、実に少ないのです。そしてあなた方はその枠に入っておりませんし、この国も国民も、正直どうでもいいのですわ。そんな人間が王になってどうするのです？」

宰相が息を呑んだ。ここまではっきりとエステファニアが否を突きつけてくるとは思わなかったのだろう。王になれると唆せば、なんでもいうことを聞くだろう、とすら思っていたのかもしれない。

「アルバラートとて余の命令があったから、お前を保護したとは思わないのか？」

「これでも私、他人のことをよく見ていますの。義務であることと、純粋な善意や厚意の区別くらいつきましてよ」

義務であるのなら、彼があんなにもエステファニアに優しくする必要などなかった。当たり障りなく、使用人に任せて放置していたはずだ。

けれどアルバラートは与えてくれた。夢も、希望も、子供らしい時間も。

エステファニアは、決して御し易い子供ではなかったと思う。

けれど、彼は途中で放り出したりしなかった。忍耐強く寄り添ってくれた。

「私が欲しいのは国などではなく、アルバラートです」

エステファニアの意志は明確だった。

「はっきり申し上げますわ。無理矢理ここで私をアルバラートから引き離し、女王の座につかせるのならば――」

そして彼女は忌々しげに目を細める。その強く冷たい目に、それまで悠々と構えていた父が、たじろぐ。

「私、その権力を使って、このエルサリデ王国を完膚なきまでに滅ぼしてやります」

エステファニアはそう言い切ると、口角を上品にあげて艶やかに笑って見せた。

その目は完全に据わっており、その言葉が嘘偽りない真実であると伝えていた。

目の前の少女に、男たちは圧倒された。言葉を失い、ただ、彼女を見つめる。

そこにあるのは、畏怖だ。意のままになる浅はかな娘だと、エステファニアを侮っていた自らの愚かさを思い知らされる。

そんな男たちに呆れたエステファニアは、これ見よがしにため息を吐いて見せた。

「だいたい次の王には弟がいるではないですか。お会いしたことはないけれど、まだ幼いこともありますし今後いくらでも矯正は可能でしょう？」

「だがあれはアルムニアの皇帝の血を引いている。教会や我が国の国民のアルムニアへの恨みは深い。王となるには困難が多いだろう」

「……本当に馬鹿馬鹿しいわ。周辺諸国でアルムニア皇族との婚姻を受け入れたことのない国なんて、一つもないと言うのに」

どこの王族であってもアルムニア皇族の血を多かれ少なかれ継いでいる。エステファニアも、もちろん目の前の父も。

「さらに王妃は失脚するまで、色々と王宮の者たちの恨みを買ったからな。あれが王位を継ぐことを良く思う人間は、今やほとんどおらぬだろうよ」

「だったらまだ散々貶めてきた妾腹の王女の方がまだましだと？　つくづく勝手で不愉快な方

達ね。まあ、それを知りながら放置してきた陛下が、一番罪深いと思いますけれど」

流石に王も考えるところがあったのか、その口を閉じた。

「それにまだ陛下はお若くていらっしゃる。なんなら新たに王妃をお迎えになって、新たな後継を得ることだって可能でしょう」

そんなエステファニアの言葉に、王と宰相、そしてアルバラートは苦り切った表情を浮かべた。事実、王はまだ三十代半ばだ。いくらでも子を得ることができるはずだが。

「……残念だがそれは無理だ」

臣下二人は口に出せないことなのか、王は自ら口を開いた。エステファニアは怪訝そうな顔をする。

「余は不能だ」

「……はあ」

一瞬何を言われたのかわからなかったエステファニアは、王の言葉を頭で反芻する。

(不能……つまりは)

そう、すでにアルバラートと結ばれているエステファニアには、何となく想像が付いた。おそらく、それが臨戦態勢にならない、と言うことなのだろう。

「それはご愁傷様です」

それ以外に何が言えただろうか。父親の下半身事情など知りたくはなかった。

それを聞いたアルバラートと宰相が、下を向いて吹き出しそうになるのを必死に堪えている。

「セラフィーナを失ってから、全く反応しなくなった」

「……さようでございますか」

エステファニアの冷たい物言いに、とうとうアルバラートがぶはっと吹き出した。堪え性のない夫である。

「お前、他に言うことはないのか？」

「まあ、なんておいたわしい」

「……お前、絶対にそんなこと思っていないだろう」

とうとう宰相までもが吹き出して、顔を真っ赤にして笑いを堪えている。

「おい、アルバラート。お前本当にこんなのでいいのか？」

父まで失礼なことを言い出す。だがアルバラートは笑いながら言った。

「ええ。可愛いでしょう。僕はこんなエステファニアがいいんです」

アルバラートの言葉に、エステファニアは頬を赤らめ、国王はぐうっと言葉を失った。

おそらく父は父で、母の死に深い自責の念を持っていたのかもしれない。エステファニアからすれば全くもって同情の余地などないが。

「『——あなたのせいです』だったか」

かつて父に吐き捨てた言葉に、エステファニアは目を見開いた。

「ああ、確かにそうだ。その言葉は酷く利いたな」

人は図星を突かれると激昂すると言う。つまり父もまたそうだったのだろう。その言葉で不能になってしまったと言うのなら、申し訳ないような気もする。

まあ、ざまあみろという気もするが。

「つまりは残念ながら、余の子供はお前と王太子のみ、ということだ」

妾腹の王女か、敗戦国の血を引く王太子か。

「どちらにしろ、ろくな選択肢がない、ということですわね」

「ああ、そうだな。そして、余はお前を選んだと言うことだ」

アルムニアと袂を別つことは、決定事項だった。そう、エステファニアが降嫁する前から。

ゆえに、エステファニアは、ファリアス公爵家において、あれほどの教育を受けていたのだ。

——いずれは、王とするために。

「だから責任を取ってお前が王になるべきだ」

「だから勝手に責任を背負わせないでくださいませ。まずはご自身の所業を省みることをお勧めしますわ」

いまだに王はエステファニアを後継にすることを諦められないようだ。エステファニアはこれ見よがしにひとつ大きなため息を吐く。

「私の考えを申し上げますと、王太子殿下から継承権を奪うのは、時期尚早だと考えます」

「だが、アルムニアの新王から旧皇家の血を引くものを、全員差し出せと言われている」

「だからって自国の王太子を売り飛ばすなんてありえませんわよ。そんなもの知ったことかとはねつけなさいませ。出方を間違えれば、格下であると見下され、舐められましてよ」

困難の中を生き抜いてきたエステファニアだからこそ言える、厳しい言葉だった。

確かにここで新国の要望を諾々と受け入れ、不適切な力関係を作ってしまえば、それは長きにわたり、この国を苦しめることになる。

「さらに王太子は、将来我が国にとって重要な駒となりえます。政がなんたるかもわからぬ簒奪者ごときが、恙なくまともに国を動かせるとお思いですか？　しばらくしてアルムニアの民は気付くはずです。自分たちの反乱軍への期待もまた、砂上の楼閣にすぎなかったのだと」

娘の言葉に、王は軽く眉を上げた。

「しばらく待てば、前皇帝の悪政の記憶は薄れ、王政復古を望む声が少なからず上がるでしょう。あの簒奪者が生き残りの皇族を必死になって処刑して回っているのは、いずれくるその時に、旗印として持ち上げられることを恐れているからでしょう」

国に残っていたアルムニア皇族は反乱軍の首魁だった新たな王によって、赤ん坊に至るまで皆殺しにされたという。

座ってみた玉座は、思いの外重く、そして思い通りには動かなかったのだろう。

新たな国が落ち着くまで、まだ長い時間がかかるはずだ。

「王太子殿下をしっかりと導くことができれば、この国を継ぐことに、なんら問題はないと思います」

エステファニアの言葉に、王は一つ嘆息を落とした。

「——勿体(もったい)ないことだな」

疲れたように椅子の背にもたれかかり、王がポツリと呟いた。

「お前をもっと、大事にしてやればよかった」

父にはもう何も期待はしていないはずだった。だが、確かにその言葉はエステファニアの心の弱いところに響いた。

「私に利用価値が出たからそう思うだけだと思いますわ。もしくは手を離れたから惜しくなっただけ。玩具(おもちゃ)を取られたくない小さな子供と同じですわね」

「……セラフィーナは今頃、余のことを怒っているのだろうな」

「お母様はとっても甘いので、陛下が謝ればあっさり許してくださると思いますわ。……私とは違って」

「それはお前が余を決して許さぬと言っているように聞こえるが」

「よくお分かりですわね。すでに私は陛下のことを父親だなどと思っておりませんの」

宰相の責めるような視線も、エステファニアの心を動かさない。自分の大切なものは、すでに他にある。

「もちろん施政者としては、心より尊敬申し上げておりますわ。国王陛下」

王である以上、冷酷な判断を強いられるもの。だとするのなら、彼は王としては立派なのだろう。家族としては最低の部類だが。

どこか迷子のような顔をする王を見て、エステファニアは笑う。そもそも捨てられたのは、自分だというのに。甘さを捨てきれないのは、やはりあの母の娘ということなのだろう。だから、少し迷った後、口を開いた。

「……けれど、大事にすればよかったとおっしゃった、先ほどのその言葉は……」

少しだけ視界が滲(にじ)む。本当は幼い頃に欲しかった、言葉。

「少し、嬉しかったです。ありがとうございます」

エステファニアのその言葉に、今度こそ王の顔に悔恨が浮かんだ。

もう、全て終わってしまったことだ。苦しかった少女時代は、戻ってはこない。

だがその時代があったからこそ、アルバラートと出会えたとも思える。

たとえ、利用するためだったとしても、彼の元へ降嫁できたことは、幸薄い自分の、唯一といっていいほどの幸運であったと思う。

「……最後に一つだけ、教えてやる」

そう言って、王は執務室の窓の外を、そっと指差した。

そこから見える中庭には、見事な白薔薇が咲いている。一体何だろうとよく目を凝らしてみれば。

「…………っ！」

薔薇の根元に、隠されるようにして、小さな墓標が見えた。

「——ありがとう、ございます……！」

エステファニアは王に、父に、向かって深く頭を下げた。

彼は苦く笑った。

「やはりお前は余にも似ているな。お前を見ていると、セラフィーナを振り向かせたくて必死だった頃の自分を思い出す。……ってなんだその顔は」

一緒にするなと、思わず思い切り嫌そうな顔をしてしまった。エステファニアはごまかすように笑った。

「セラフィーナは、お前の母親は、良く余に言った。『良き王におなりください』と。だから、だから余は――」

そのあとの言葉は、続かなかった。だが、しばらくして目を瞑り「余のようになるな」と小さな声で父は言った。

娘（エステファニア）のように欲しいものを欲しいと言えたのなら、どれほど良かったか。国なんかよりもずっと大切だった、と。

「では、そろそろ失礼いたします」

アルバラートがエステファニアの手を取った。少し心配そうな顔をしている。エステファニアが王にほだされてしまうのではないかとでも心配しているのだろうか。

――そんなことは、ないのに。

エステファニアがいたいのは、彼の側だけだ。なりたいものは、彼の妻だけだ。

二人で執務室を出れば、雨が降り出していた。

雨に打たれながら、執務室から見た中庭へと向かう。

エステファニアは思わず、懐かしさに目を細める。アルバラートと出会ったのも、こんな雨の日だった。

「懐かしいね」

アルバラートの言葉に、彼もまた同じことを考えていたのだと知って、少し笑う。

「あの時のエステファニアは、本当に痩せていて、小さくて、どうなってしまうのだろうと心配したよ」

そう言って、彼は濡れたエステファニアの黒髪を撫でた。

「それでも、まっすぐに僕を見つめる君の、不屈の目に囚われたんだ」

そんな状態でも、エステファニアは何一つ諦めていなかった。その強さに、どうしようもなく魅せられ惹かれたのだと、アルバラートは笑った。

「きっとセラフィーナ様も驚くだろうね。あの小さかったエステファニアがこんなに大きく、美しくなって」

エステファニアの髪に口付けを落としながら、アルバラートは笑った。

やがてたどり着いた白薔薇の根元。小さな墓標の前で二人寄り添って立つ。

「そういえば、執務中、陛下は良くあの窓からこの中庭を見ていたよ。きっと、この薔薇を、セラフィーナ様を見ていたんだね。――側に、いてほしかったんだね」

そして二人、墓標の前でしゃがみこむと、目を瞑り、亡き母に祈りを捧げる。

(お母様。何が正しくて、何が間違っているのか。私にはまだ、わからないけど)

アルバラートのそばにいたい。それだけは確かで。

帰り道、待たせている馬車まで、雨に打たれたまま二人で歩く。

「ねえ、アルバラートはお母様に何を話したの？」

気になってエステファニアが聞けば、少し照れたようにアルバラートは笑う。

「エステファニアを愛しています。幸せにするので僕にくださいって言ったよ」

「……え？　そうなの？」

エステファニアは思わず間抜けな声で聞き返してしまった。

それを聞いたアルバラートの顔が引き攣る。その場が妙な空気になった。

「……エステファニア。一つ聞くけど、君って僕のことをなんだと思っているんだい？」

「え？　だって。そんなこと今まで一度も言ってもらったことなかったから……」

そして、ようやく自覚したエステファニアの両目から、ぶわっと滂沱の涙がこぼれ落ちた。

「だからっ、アルバラートは私のことを、子供としてしか見てないって……、そう思ってて……っ」

今更になって涙が止まらない。嬉しくて、たまらない。

「うわあ！　ごめん！　泣かないで……、って僕、言ってなかったかな」

「可愛いとは言ってくれたけど、愛してるとは言ってくれなかった……」

「あー、僕の中で、可愛いと愛してるが同義だったみたいだ。ごめんエステファニア」

アルバラートが慌てて慰めてくれる。こうして彼が心を砕いてくれることが嬉しい。

「それじゃあ、今日は何度でも言うよ。エステファニアが聞き飽きるくらいに」

そして二人は寄り添い手を繋いで、家路についた。

びしょ濡れのまま、馬車で公爵別邸へ戻ると、皆がエステファニアの無事を喜んだ。

ベルナンドもホッとしたのだろう。その優しげな目を潤ませていた。

「エステファニア。感動の再会も大事だけど、そのままじゃ風邪をひいてしまうよ。湯浴みをして着替えよう」

帰る前に前もってベルナンドに連絡しておいたため、アルバラートの部屋に付いている浴室のバスタブには、すでに温かなお湯が用意されていた。

「二人で入るから、手伝いはいらないよ」

エステファニアを自室に連れ込むと、アルバラートはそう言って侍女たちを部屋から追い出してしまった。

「え？　一緒に……⁉」

エステファニアが驚けば、アルバラートは満面の笑みで頷く。

「それじゃあ脱ごうか。早くしないと風邪をひく」

そして、器用に次々にエステファニアの濡れたドレスのボタンを外していく。

「恥ずかしいわ……！」

「え？　なんで？　昨日の夜は自分から脱いでいたじゃないか」

「だって、まだこんなに明るいのに……！」

泣きそうな声で訴えるが、アルバラートは全くその手を止めてくれない。くすくす笑いながら、手際よく全てのボタンを外してしまうと、重い音を立てて、足元に濡れたドレスが落ちる。

そして同じようにコルセットの紐もするすると全て外してしまい、ドロワーズも抜き取られ、エステファニアはあっという間に生まれたままの姿にされてしまった。

アルバラートの目が、熱を持ってじっと彼女の身体を見つめる。いたたまれなくて、バスタブの縁に座って手で身体を隠そうとした。

けれどその両手はアルバラートの手によってまとめて押さえつけられてしまう。そして上からアルバラートの唇が落ちてきた。

最初は頭に、額に、鼻に、そして唇に。

触れるだけの優しい口付けを繰り返し、やがて、吸い付かれ、そっとエステファニアの口の中に、アルバラートの舌が忍び込んでくる。

「ふっ……あっ！」

クチュクチュといやらしい水音を立てながら、彼の舌が丹念にエステファニアの口腔内を探る。真珠のような歯一つ一つから柔らかな舌の裏側まで。

飲み込みきれなかった唾液が、口角から溢れるのも気にせずに、アルバラートはエステファニアの温かな内側を堪能する。

やがて、手が解放されたと思ったら、アルバラートの大きな掌が、エステファニアの乳房をやわやわと優しく揉みしだき始めた。

指先が、僅かに薄い紅色の敏感な先端に触れれば、そこがぷっくりと色を濃くして盛り上がる。

「ひゃっ……！」

そして、彼の指が丸い乳輪に沿って、円を描くようにくるくると動く。

じれったくて、思わずエステファニアは身体をくねらせた。触ってほしいところはもっと別にあるのだと、そう身体が訴える。

「アルバラートっ……！」

縋るように名を呼べば、彼は笑って指先で敏感な尖りをそっと摘んだ。

「――――っ！」

欲しかった快感に背中が反り、乳房をまるでもっと触ってほしいかのようにアルバラートの方へと突き出してしまう。

アルバラートはその膨らみに自らの顔を埋めると、色を増し痛いほどに立ち上がった乳首に軽く歯を当てた

「あぁっ……！」

痛痒（いたがゆ）いような、甘い感覚に、下腹部がずくんと疼いた。

「気持ちいいかい？」

意地悪そうに聞いてくるアルバラートに、エステファニアはこくこくと頷くことしかできない。アルバラートはちゅうっと音を立てて吸い上げたり、舌で強く舐めあげたり、甘噛みしたりとエステファニアの乳首を甚振りながら、自らの服を脱いでいく。

そして全てを脱ぎ終えると、その裸の胸に、エステファニアをぎゅっと包み込んだ。

触れ合う肌と肌が温かく、そして心地よくて、エステファニアはうっとりと目を細めた。

そんな彼女にもう一度口付けを落とすと、そのままその唇は、白くて細い首筋を這って下へ下へと移動していく。

胸を這って、下腹部を這って、小さなへそを突っつき、やがては脚の付け根へと至る。

そしてアルバラートはその脚の間に身体を割り込ませ、大きく開かせてしまった。

「やっ……！　だめ……！」

薄い下生えに隠されていた秘部が丸見えになってしまい、羞恥でエステファニアは叫んだ。

だがアルバラートは許してはくれず、そのままじっとそこを見る。

「どうして？　こんなに綺麗なのに」

すでにそこは溢れるくらいに蜜を湛え、そして、ひくひくと小さく震えていた。

アルバラートはその割れ目に沿って、指先を何度も往復させる。少しずつ快感が溜まっていく。もっと決定的な刺激が欲しくて無意識にエステファニアは腰を揺すってしまう。

そんな彼女を愛おしげに見ながら、そっと秘部を押し開く。そこには小さくともしっかりと腫れて立ち上がり存在を主張する、小さな肉珠があった。口元を近づけると、アルバラートはちゅっとそれを吸い上げた。

「っあああああーっ‼」

溜め込んでいた快感が弾け、むず痒い感覚が全身に走り抜ける。思わず脚で思い切りアルバラートの頭を挟み込むと、エステファニアは背中をそらし秘部を押し付けるようにして、全身をビクビクと震わせた。

「やっ！　やだぁ……！　待って……！」

達したばかりで脈動し敏感になっている蜜口に、情け容赦なく彼の指がそっと差し込まれる。そして中を探るようにしてグニグニと膣壁を擦られる。快感が強すぎて、エステファニアは泣きながら制止の声を上げるが、アルバラートは全く聞き入れてくれない。

「ひんっ！　やっ！　アルバラート！　だめなの……！」

「あー、可愛いなあ、エステファニアは。ほら、もうとろとろだよ」

　脚の間でそんなことをのたまっているアルバラートには、まったくこちらの意図が通じていない。エステファニアは心で泣いた。

　知らぬ間に膣内の指は二本に増やされ、さらには舌で陰核を甚振られ、エステファニアの体はたちまちまた高められてしまう。

「愛しているよ、エステファニア」

　そんなところで愛の言葉を言わないでほしいと思いつつ、素直な体はよろこんで、もっともっととさらに蜜をこぼす。

「うん。もう一回達しておこうか」

　そして、限界スレスレの状態で、軽く陰核を甘噛みされて、エステファニアは二度目の絶頂に放り出された。

「ああああっ!!!」

　アルバラートは立ち上がると、ひくひくと脈動を続けるエステファニアの中から指を引き抜き、絶頂で脈動を続ける膣内に、己の楔（くさび）を一気に最奥まで突き込んだ。

　肉壁が限界まで押し広げられ、エステファニアは重い衝撃に目を見開く。

温かなエステファニアの粘膜が、アルバラートをぎゅうぎゅうと締め付ける。思わず腰が砕けそうになる快感に、ぎゅっと目を瞑る。それから繋がったままのエステファニアを抱き上げて身体を入れ替えてバスタブの淵に座り、対面になると、彼女から手を離し、そのまま自分の上に座らせた。

「んあ、あああっ‼」

自重で脈動を続ける膣内の奥深くまでアルバラートが入り込む。絶頂から降りてこられず、苦しいくらいの快感に、エステファニアが大きな嬌声をあげた。

まるで吸い付いてくるようなエステファニアの中に、アルバラートはうっとりと目を細める。

「ああ、気持ちがいい。たまらないな。――愛してる」

そして目の前にあった彼女の耳に囁き、ねぶり、舌を差し込んで舐め上げる。

大きく聞こえる愛の言葉と水音に、エステファニアの背中がぞくぞくと震えた。

そんな彼女をアルバラートは下から激しく突き上げた。

律動で揺れる大きな乳房を揉みしだき、その頂を指先と歯で甚振る。

痛みすら感じそうな強さだが、興奮しきったエステファニアの体は、もう快感しか拾わなくなっていた。

「やっ！　っん！　あっ、あ――っ！」

結合部から愛液が溢れちゅぶちゅぶと卑猥な音を響かせる。

「やっ、こわれちゃうぅぅ……！」

あまりの激しさに泣きを入れたら、中にいるアルバラートがさらに大きく硬くなった気がする。何故だ。

「――くっ」

ガツンと奥まで突き入れて、アルバラートが軽く呻き、その動きを止める。

胎内にじわりと温かなものが広がる。エステファニアは彼にしがみつき、乱れた呼吸を整える。汗だくの体が張り付いて、まるで一つになってしまったようだ。

「あー……。気持ちよかった……。エステファニア、大丈夫？」

労わるように、アルバラートが聞いてくる。

半ば意識が朦朧としているエステファニアは、今更心配するくらいならもう少し加減してくれればいいのに、と少々恨みがましい目でアルバラートを見た。

そして、彼は繋がったまま、自分とエステファニアの体を、温かな湯が張られたバスタブにゆっくりと沈めた。

ぬるめのお湯が汗をかいた体に心地いい。繋がったまま、というのがなんだか落ち着かないが、エステファニアはアルバラートにもたれかかった。

「――愛しているよ、エステファニア。僕の奥さん」

耳元で言われた愛の言葉に少し笑みをこぼす。飽きるほど言ってくれるといった彼の言葉に嘘はなかったようだ。奥さんと呼んでくれることも嬉しい。

嬉しくて、満面の笑みを浮かべながら、エステファニアも彼の耳元へ唇を寄せる。

「大好きなの……アルバラート。出会った時からずっと」

十二歳だった幼い日から、一度もぶれることなかった想い。

「愛しているの。……だから、あなたに幸せになってほしかったの」

たとえ、それがどれほど自分を苦しめることになったとしても。

「どうしても、あなたを幸せにしたかったの」

自分の手ではそれができないのだと恋を諦めて、胸を痛めたことを思い出す。

こうして互いを想い合えるようになったことは、本当に奇跡だ。

するとアルバラートが笑う。

「そういえば、エステファニアから愛の言葉を聞くのは、僕も初めてだ」

言ってくれないと彼に文句を言いながら、自分自身も言っていなかったことに気づき、エステファニアは恥ずかしくなって、下を向いてしまった。なんという、本末転倒。

「……ひゃっ！」

するとまた中が押し広げられるような感覚がして、エステファニアは声をあげた。

目の前のアルバラートが、誤魔化すようにヘラリと笑う。

「ごめん、エステファニア。君が可愛いこと言うから、ついまた大きくなっちゃった」

「…………え?」

思わず間抜けな返事をしてしまったのは、仕方がないと思う。

そのままばしゃばしゃとバスタブのお湯をはねあげながら、アルバラートがまた抽送を始める。

「きゃっ! あっ! えっ! うそ⁉ なんで……⁉ あぁ——っ!」

そして、のぼせてしまう寸前まで、エステファニアはアルバラートに貪られることになってしまったのだった。

エピローグ　公爵閣下の愛しい仔猫姫

「お初にお目にかかります。ファリアス公爵夫人。私はマルティン伯爵家のマリアンナと申します」

黒い喪服を身に纏い、にっこりと明るい笑顔を浮かべて挨拶をするその人は、エステファニアの想像とは随分違っていた。

「初めまして。マルティン伯爵夫人。エステファニアと申します。どうぞお気軽に名前でお呼びになって」

ドレスの裾を持って、エステファニアもまた丁寧に挨拶を返す。

「まあまあ！　なんてお可愛らしいの……！　私のこともぜひマリアンナと名前でお呼びくださいませ」

マリアンナは目をキラキラさせてエステファニアにすり寄り、じっと見つめてくる。このところ何を言われても平然としていられるエステファニアであったが、このパターンは初めてで動揺してしまう。

アルバラートに会わせたい人がいると言われ、その人の屋敷まで着いていくと、そこには夫の元婚約者、現マルティン伯爵夫人マリアンナがいた。

緊張が走ったが、彼女はエステファニアが抱いていた印象と随分違っていた。

「どうやら私の母が大変ご迷惑をおかけしたようで。……本当に申し訳ございません。我が母ながらもう恥ずかしいやら、情けないやら」

「いえ、そんな。お気になさらないで」

深く陳謝され、エステファニアは慌てて手を振った。彼女の母親がしたことで、マリアンナを責める気はエステファニアにはなかった。

「温情に感謝いたしますわ。エステファニア様は本当にお優しい方ですのね」

よよよ、とわざとらしく泣く振りをする彼女がおかしくて、エステファニアは思わずくすりと笑ってしまった。そっと隣に立つアルバラートを窺い見れば、彼も笑うのを堪えている。

「ここだけの話ですが、母はアルバラートのお父様である先代公爵のことがお好きだったようなのですよ。けれど先代公爵は、ずっとアルバラートのお母様に夢中だったもので」

アルバラートは母親似だという。きっと素晴らしい美女であったのだろうと、エステファニアはアルバラートの顔を見ながらしみじみと思った。

「仕方なく親に命じられるまま父と結婚したけれど、母の中でずっと諦めがついていなかったようでして。娘である私に自分を投影して、人生を取り戻そうとしたようなのですわ……」

公爵令息と自分の娘の歳が近いことを知り、彼女は歓喜したそうだ。そして娘であるマリアンナとアルバラートと婚約を取り付けるため、心の内を隠し、恋する男の心を奪った憎い公爵夫人と親交を結び、公爵家にのうのうと入り込んで、娘を売り込んだ。

マリアンナを自分の代わりに公爵夫人にするために、人生を捧げていたのだ。

そして、その心を王妃に付け込まれ、利用された。

一方王妃は、エステファニアさえ消えれば、母国が滅びた後も息子が王位につけると思ったようだ。よって王宮からアルムニアの残兵をマリアンナの母の元へ送り込み、アルバラートとマリアンナを再度婚約させるためだと偽り、彼女を操ってエステファニアを害そうとした。

「何度も説明したのですわ。この婚約破棄は私の意思なのだと。父は理解してくださったのですが、母はどうしても信じてくださらなくて。娘が自分とは別人格であることを、受け入れられなかったようです。本当に迷惑ですわよね……。自分の人生は、娘ではなく自分自身で取り戻していただきたいわ」

エステファニアは目を瞑る。彼女もまた思い通りにいかない人生を抱えた哀れなひとだったのだろう。だからと言って、彼女のしたことは許せることではないが。

「父に起こったこと全てを伝えましたわ。年の離れた妻だからと、今まで母を甘やかしていた父も流石に激昂(げっこう)いたしまして、療養を名目に母を田舎の別荘に送り、幽閉いたしました。もう二度とエステファニア様の前に現れることはないでしょう。ロランディ侯爵家は現在、国王陛下からの沙汰を待っております。本当に申し訳ございませんでした」

深く頭を下げられ、エステファニアは慌てた。彼女の言った通り、親と子は別人格だ。よってエステファニアはマリアンナを糾弾するつもりなどない。

だが、母親の呪いのなんと根深いことか。親のせいで頭を下げる彼女をみていると、ひどくいたたまれなかった。

「大体母はまるでわかっていないんですのよ。男は絶対四十代からですわよ。エステファニア様。アルバラートなんてまだまだひよっこでしてよ」

だが、その後マリアンヌに熱く理想の男性論を語られ、陰鬱な気分は吹き飛んだ。

「…………はあ」

「渋さと筋肉。これがなければ恋愛対象外でしてよ！」

「……………はあ」

枯れた男性の素晴らしさについて熱く語られ、エステファニアは悟った。

見事なまでに、全ては自分の早とちりと勘違いだったのだ、と。

「そもそも私がアルバラートに捨てられた、というのが納得いきませんのよ！　私は旦那様への愛を貫いただけですのに……！」

「……というわけだよ。エステファニア。捨てられたのは僕。わかった？」

アルバラートに肩を竦められ、エステファニアは頭を抱えてしまった。本当にこの四年間の苦しみは一体何だったのか。

その後、マリアンナに「友達になってくださいませ！」と熱烈に請われ、受け入れた。きっと二人で友人として仲良く過ごしていくうちに、王妃が流したふざけた噂は消えていくだろう。

「さて、誤解も解けたところで、他にどこか寄りたいところとかあるかい？」

「……王妃様にお会いしたいの。もうすぐ修道院に入られるのだと聞いたわ。だから、お会いできるうちに……」

これには流石にアルバラートは眉をひそめた。

「どうして？　あの女狐に、どんな目に遭わせられるかわからないのに」

「大丈夫よ。今なら、負けないわ。ただ、少し話をしてみたいのよ」

反対するアルバラートを説得し、王宮に向かったエステファニアは王妃ドルテアとの面会に臨んだ。

彼女は相変わらず薔薇の宮にいるが、現在は部屋に幽閉され、監視の中で過ごしているという。

そして案内された部屋は、かつての彼女のいた王妃の間とは比べようのない殺風景な部屋だった。逃げ出せないようにと、小さな窓しかない。

「なあに？　私を馬鹿にしに来たの？」

そして、四年ぶりに顔を合わせた王妃は、随分と様変わりしてしまっていた。かつての堂々として自信に溢れていた彼女との落差に、エステファニアは愕然とする。

質素なドレスを身にまとい、頬はこけ、髪も肌も艶をなくし、一気に何十歳も老け込んでしまったかのようだ。落ち窪(おちくぼ)んだ眼窩(がんか)から、爛々(らんらん)とした目が憎々しげにエステファニアを睨みつけている。

その姿を見て、エステファニアの心から、彼女に対する深い憎しみが消えていった。

「……本当はあなたにされたことを一つ一つ思い出して、思いっきり罵(ののし)ってやろうと思っていたのです。けれど今のあなたを見たら、なんだかどうでも良くなってしまった」

王妃は不快そうに眉を上げた。エステファニアの憐れみの眼差しが気にくわないのだろう。

「あなたは私にとって加害者だった。けれど、同時にあなたは被害者でもあった」

王妃がこの国に嫁いで来たのは、ちょうど今のエステファニアと同じ年頃だった。

父に命じられて嫁いでみれば、夫になった男にはすでに愛する美しい女が他にいて。その間には娘もいて。

当時の彼女の悲しみが、憎しみが、今ならば、少しわかる気がした。

「あの子は、どうなるの……」

王妃ドルテアは両手で顔を覆い、呻いた。そんな彼女にホッとする。

彼女もまた、自分の子を案じる母親でもあったのだ。

「……私が守ります。弟、ですもの」

正式に会わせてもらったことなど一度もない。よって言葉を交わしたこともない。遠目で見かけたのがせいぜいだ。だが、間違いなく彼は、エステファニアと血の繋がった弟だ。

ドルテアの目に、涙が溢れる。きっと、憎い女の娘に、殺そうとまでした相手に、こんなことを頼むのはさぞ屈辱的であっただろう。だが、全てを失った彼女には、他にもう息子を守り助ける術はないのだ。

ありとあらゆるものをかなぐり捨て、王妃は深々と頭を下げて、エステファニアに縋った。

「どうか、どうか、あの子をお願い……」

「――はい、承りました。……あなたもどうか、お元気で」

これが、おそらく今生の別れとなるのだろう。けれど、こんなことになる前に、もっと違う道があったのなら、と。エステファニアは思わずにはいられなかった。

そして王妃の部屋を退室した後、エステファニアはそのまま王太子が住まう部屋へと向かう。

子供部屋と思われる優しい色合いの部屋。その中心にある長椅子に、ポツンと一人の少年が座っていた。

エステファニアと同じ、黒い髪に菫色の目。

目に見えて痩せたりはしていないので、おそらく最低限の世話はされているのだろう。かつての自分とは違って。エステファニアという失敗例もあって父も少しは反省したのかもしれない。

「――こんにちは」

エステファニアが声をかけると、少年は弾かれたように顔を上げる。

初めて見た弟は、あの王妃が自慢にするだけあって、父に良く似た美しい少年であった。

だがその顔は、物憂げに沈んでいる。

溺愛してくれた母から引き離され、それまで彼に媚び諂(へつら)っていた者たちは一様に手のひらを返し、彼から距離をとった。

突如、あらゆる足場を失ったのだ。まだ幼い、こんな子供が。

彼に自らを投影し、酷く、エステファニアの心が痛んだ。彼の母親にされたことは、今でも許せることではない。だが、その子である彼自身には、やはり何の罪もなく、恨みもなかった。

そう、憎しみの連鎖は、ここで断ち切ると決めたのだ。

エステファニアは弟に優しく笑いかける。人に話しかけられること自体が久しぶりだったからだろう。彼は眩しいものを見るかのようにエステファニアに見とれた後、恥ずかしそうにまた顔を伏せた。

「そなたは誰だ?」

少年の問いに、エステファニアは笑う。彼もまた、腹違いの姉の容姿など知らないのだろう。

「はじめまして。私の名前はエステファニア・ファリアス。あなたの姉よ」

少年は驚き、目を見開く。

「姉上、ですか?」

「ええ。そうよ。これからは姉弟として、仲良くしましょうね」

すると、少年も嬉しそうに、そして少しだけ恥ずかしそうに笑った。

「アルバラートに聞いていたのです。私には姉上がいるのだと。ずっとお会いしたかった」

王妃は子の教育には細心の注意を払っていたのだろう。愛され、大切に育てられた王太子は素直で優しい子供だった。

「あなたのお母様に頼まれているの。これからは私があなたを守ります」

奇しくもかつての自分と似たような立場になってしまった弟に、かつて欲しかった言葉を、そしてかつて夫がくれた言葉を言って手を差し伸べれば、弟はおずおずとその小さな手を重ねてきた。

エステファニアはその手を握りしめ、慈愛に満ちた微笑みを浮かべた。


ファリアス公爵夫人エステファニアの朝は、まず夫のアルバラートを優しく起こすことから始まる。

結婚四年目にして、ようやく夫婦として同じ寝台で寝起きするようになった。だから、眠る時も目覚めた時も、いつもすぐそばに夫の顔がある。今日も眼福である。

本当はそのままずっと見つめていたいし、気持ちよく寝ているところを起こすのは可哀想と思うが、今日は重大な用事があるのでそこは涙を呑んで叩き起こしてやらねばならない。

それにアルバラートの宰相補佐としての仕事は忙しく、夜遅くまで働いて、エステファニアが寝た後に帰ってくることも多い。だから彼と過ごせる朝の時間は、とても貴重なのだ。

よってエステファニアは、情け容赦なくアルバラートを起こすことにしていた。アルバラートと共にいられる時間を、ほんの少しだって無駄にしたくないのである。

もちろんエステファニアとて悪魔ではないので、隣で幸せそうに寝ているアルバラートに、初めは優しく声をかける。

「旦那様。朝よ。起きてちょうだい」

もちろん返事はない。そして、この時点ではエステファニアも期待していない。

次はもう少し大きい声で呼びかける。

「アルバラートってば。早く起きないとどうなっても知らないわよ？」

するとやっぱり返事はない。彼の頬をペチペチ叩いてみるが、「ううん」と呻くだけで起きる様子はない。ユサユサと揺らしてみるが、その揺れが気持ち良いのかさらに深い眠りにつく。

エステファニアはもう一度深いため息を吐く。やはり疲れているのだろう。可哀想だ。可哀想なのであるが、致し方ない。優しさはここまでだ。

そして、眠るアルバラートの上に、勢いよく乗り上げた。

「ぐえっ!!」

蛙（かえる）の潰れたような声がしたが、気にしない。起きないアルバラートが悪いのである。

そのまま彼の体の上に寝そべって、うんうん唸る彼を観察する。

昨日抱き合ったまま眠ったのでお互いに裸のままだ。触れ合う温かな肌が心地よい。

「おはよう、旦那様。朝よ！」

ようやく彼の瞼（まぶた）が薄く開いて、その中の瞳が見える。大好きな晴れた日の空の色だ。

エステファニアは満面の笑みでそのぼんやりとした瞳を覗き込んだ。

「おはよう……エステファニア。今日も朝から元気だね……」

辛そうな息も絶え絶えな声のアルバラートが少々可哀想になるが、そんな困った顔の彼も可愛いらしい。

堪えられなくなったエステファニアは、そのちょっと尖らせている夫の唇に口付けを落とした。

ちゅっちゅっと軽く吸い付いて、可愛らしい音を立てながら何度も口付ける。

「目が覚めたなら早く起きなさい。遅刻するわよ」

「……っていうか、エステファニアが体の上に乗っかっているから起きられないんだけど」

それはそうだ。エステファニアは慌てて彼の上から退こうとした。——のだが、夫の腕が背中に回されて、動けない。

そして、太もものあたりに感じる、熱くて硬い感触。どうやら夫も元気なようだ。

寝起きの際、男性のここは、こうなるのだと。アルバラートと体を合わせ、一緒に眠るようになって初めて知った。

何も知らない初(うぶ)だった幼い頃の過ちを思い出し、エステファニアが少々遠い目をしていると、夫が体の場所を入れ替えて、のしかかってくる。

「ちょっと、アルバラート……！　もう朝なのよ！」

「ここはせっかくだから使ってしまおうと」

ヘラヘラ笑っている夫の頬を抓るが、夫は全く懲りていないようだ。

エステファニアの唇に、そっと口付けを落としてくる。

最初は触れるだけの軽いキスを。そして徐々に深くいやらしいキスを。

「んっ、あっ……」

アルバラートの舌で口腔内を蹂躙されて、エステファニアは喘ぎ声をもらしてしまう。

「ねえ、ダメかな?」

そしてようやく解放したその口で、その空色の目に悲しそうな色を乗せて、重ねて聞かれると、もうエステファニアには逆らう気力がなくなってしまう。

抵抗をやめ、体の力を抜けば、嬉々として夫の手が、唇が身体中を這いずり回る。

もう既にエステファニアの弱い場所は、既に掌握されている。的確に快感を引き出されて、昨夜も散々愛されたそこはあっけなくほぐれて潤み、彼を受け入れる準備を整えてしまう。

「あー。もう無理だ。挿れたい。挿れるね」

エステファニアの返事を待たずに脚を大きく割り開くと、蜜を湛えたそこへ、ぐちゅりと卑猥な水音を立てて、アルバラートの怒張が入り込んでくる。

「ふっ……あ、ああ……!」

待ち望んだものに喜び、エステファニアは嬌声を上げる。

子宮が疼いて、肉壁が彼をきゅうきゅうと締め付ける。

「やっ……あ、ああ……‼」

そしてがつがつと腰を打ち付けられ、エステファニアはもう言葉にならない声を上げることしかできない。

「あっ、や……！　だめっ……」

「あー……。締まって気持ちいい……。エステファニア、奥を突かれるのが好きだよね。ほら、もっと突いてあげる」

「きゃっ、あっ、あああぁぁ‼」

アルバラートにぐりぐりと弱い奥を抉られて、エステファニアは、あっけなく達してしまう。

だが、それでもアルバラートは情け容赦なく、エステファニアの弱い場所を責め立てる。

「だめっ……！　やっ……！　おかしくなっちゃう……‼」

達してしまい、敏感になって脈動を続けている膣内を、執拗に攻め続けるアルバラートのせいで、絶頂から降りてこられず、エステファニアは彼にしがみつく。

「もうむり……！　助けて……」

「仕方がないな、エステファニアは。……それじゃあ出すね」

そう言うと、アルバラートは、さらに強くエステファニアの中を突き上げた。

「ひいあぁぁぁぁっ!!!」

「……っ!」

また絶頂し、うねって締め付けてくるエステファニアの最奥で、アルバラートは小さく呻きながら白濁を吐き出した。

朝から二人して体力を使ってしまい、抱き合ってぐったりと寝台に倒れこむ。

「……あ――。このままもう一度寝てしまいたいね……」

アルバラートが情けない声で言う。だが、今日だけはそうはいかないのである
「……同意したいところだけど、頑張って起きましょう。だって今日は、私たちの結婚式なんですもの」

エステファニアの十八歳の誕生日が近づき、「何か欲しいものはないか?」と夫に問われた彼女が望んだのが、かれこれ五年も延期されていた結婚式をすることだった。

夫であるアルバラートは、すぐにその願いを叶えるべく動いてくれた。

最初は招待客も少なめに、こぢんまりとした小さな式を、と思っていたのだが、それを知った父である王がなぜか「王女たるにふさわしい式を」などと言い出し、口も金も出してきて、結局王都にある大聖堂で大々的に上げることになってしまったのだ。

「……そうだったね。起きなくちゃ」

二人で気だるい腰を抑えつつ、気合いを入れて身を起こす。

忙しい朝から一体何をしているのか、と少々反省してしまうが、お互い目を見合わせて、してしまったものは仕方がないと笑った。

そして、アルバラートの部屋から内扉を開け、自分の部屋である公爵夫人の部屋に戻る。

ずっと暮らしたいと思っていた、この屋敷の女主人の部屋。

そこには、今日着る予定の衣装が飾られている。

かつてアルバラートの母である先代公爵夫人が着た婚礼衣装を、現在の流行に合わせて仕立て直したものだ。

大きな宝石がいくつも縫い付けられ、瀟洒（しょうしゃ）なアンティークレースがふんだんに使われた豪奢なものだ。これを着て、今日、エステファニアはアルバラートの隣に立つ。

神に認められた、正式な夫婦になるのだ。

――そして、その日結婚式は盛大に行われた。

父である王も、弟である王太子も参列してくれた。

少し前に王太子と王妃を引き渡せと新生アルムニア王国が要求し、それを拒否した我が国に遺憾の意を表明してきたが、その以後は内政に追われているのか、何も言ってこなくなった。

彼の国が落ち着くのは、まだまだ先のことだろう。

そして、父である王からの依頼で、エステファニアはアルバラートとともに王太子の後見人および教育係となり、毎日のように王宮に通い弟と顔を合わせている。おかげですっかり王太子は姉大好き少年（シスコン）に育ってしまった。

父である王からは王太子を懐柔する気かと苦言をもらい、夫からはもう少し弟と会う回数を減らしてもいいのではないかと苦情をいわれているが、姉弟仲が良好なのは良きことなので、無視している。

彼の母である王妃は、今、修道院で静かに暮らしている。王太子の様子を伝えるため、たまに手紙をやり取りすることがある。

先日きた手紙には、「どうせなら信仰の道を極め、修道院の頂点を目指してみようと思う」などと書いてあって、実に彼女らしいと笑ってしまった。ぜひ頑張っていただきたいと思う。

そして、この結婚式が終わったら、夫婦でファリアス公爵領に向かい、数週間滞在する予定だ。今度は公爵夫人として、しっかり領民たちと顔を合わせたいと思っている。

ちなみにエステファニアが城の出入りに利用していた城壁の穴は、残念ながら修理され埋められてしまったらしい。少々寂しい。

その存在を知らされたアルバラートは「本当に猫じゃないんだから……」と少々呆れていた。

あの崩れた壁のおかげで命が助かったのだから、いいと思うのだが。

かつてエステファニアを冷遇していた城の使用人たちは、減給処分等はされたものの、ほとんどがやめることなくそのまま働いている。

アルバラートは全員を解雇しようとしたが、被害者であるエステファニアがそれ以上の処分を望まなかったからだ。

彼らは過ちに気づいた後、素直に自分たちの罪を認めた。

少なくとも、彼らのアルバラートに対する忠誠心は本物であった。ただ、その方向性を誤っただけで。

それは、惜しいと思ったのだ。きっと彼らはこの恩をもって、さらにアルバラートに忠実に仕えるだろう。

さらに彼らは、今では自分たちを救ったエステファニアをまるで女神のように崇め奉っている。よって居心地の悪さを感じることもない。せいぜい生涯に亘り忠実に仕えてもらおうと思っている。

神々の姿が描かれた見事な天井画の下、婚礼衣装をまとい、アルバラートと寄り添ってエステファニアはしずしずと神官の元へとあるいていく。

美しいステンドグラスからは色とりどりの光が溢れ、婚礼を祝う美しい賛美歌が流れ、なんとも幻想的な雰囲気だ。
そして、神官の前にたどり着くと、音楽がやみ、静寂に包まれる。
それから、神の前で夫婦としての宣誓をする。

神はまず男を作り、次に伴侶たる女を作った。そして誕生した人間に、神は言った。

——互いを愛し、尊び、誠実であれと。

いつか、そんな夫婦になりたいと、小さな胸を痛めたあの頃を思い出す。
無事に宣誓を終えた二人は、寄り添って大聖堂を出る。
そこには多くの参列客が、花びらを撒いて歓声をあげていた。
横では夫であるアルバラートが幸せそうに笑って、参列客に手を振っている。
その姿に、思わず涙が出そうになる。
確かに人は、神の教え通りに生きるには、少々複雑な生き物になってしまった。
だがそれでも、互いを愛し、尊び、誠実に生きることだってできるだろう。

幼い頃の夢を、全て叶えてくれた夫を見上げる。

神が望むように、この人と、生涯添い遂げたいと思う。

だからこそ想いは、惜しまず伝えなければならないのだ。

「アルバラート。愛しているわ」

まっすぐに伝えれば、夫が幸せそうに笑い返してくれる。

「僕も愛しているよ。エステファニア」

想いが等しく返ってくる幸せに浸りながら、エステファニアも参列客に向かい大きく手を振ったのだった。

あとがき

蜜猫文庫様では初めまして。クレインと申します。

この度は拙作『仔猫な花嫁は我慢しない　公爵閣下の溺愛教育』をお手に取っていただき、誠にありがとうございます。

今作は十三歳という若さで公爵家に降嫁した不憫でツンデレ猫属性な王女が、ひとまわり近く年上の苦労性で胃痛持ちの真面目な旦那様を振り回すというお話です。年の差モノが書きたくて書いてみました。因みに私が年の差モノを書くと、必然的に年下側が攻める形になります。大人側には子供を正しく子供として扱い、接してほしいという妙なこだわりがありまして。いずれ恋愛関係になるにしても、ちゃんとその成長を待ってほしいのですよね。

というわけで、今回はヒロインであるエステファニアが猪突猛進に、いまいち保護者を抜けきれないヒーローアルバラートを攻めまくります。間違った方向に、痛々しく頑張ります。ですがなんせエステファニアは登場時十二歳でございまして。彼女の成長を待っていたらイチャイチャする描写が作品後半に集中してしまいました。申し訳ございません。

少女から一人の女性へと羽化するエステファニアを楽しんでいただけたら幸いです。

さてそれでは最後になりますが、いつものようにこの本を発行するにあたり、ご尽力いただきました方々へのお礼を述べさせてください。

担当編集様。いつものように大変ご迷惑をおかけいたしました。いつも私の作る妙な設定を受け入れてくださることに、心から感謝しております。ありがとうございます。

イラストをご担当くださったすがはらりゅう先生。可愛すぎる猫目のエステファニアと、格好良過ぎるアルバラートをありがとうございます。初めて拝見させていただいた時、あまりの美麗さに口から魂が抜け出そうになりました……！

この本に携わってくださった全ての皆様。本当にありがとうございます！

それから毎度締め切り前の休日になると子供達を連れて出かけてくれて、私に執筆時間を恵んでくれる夫、ありがとう。次回はもう少ししっかりスケジュール管理がしたいです……。

そして、この作品にお付き合いくださった皆様に、心から感謝申し上げます。

読んでくださった方の心に、少しでも何かを残すことができたのなら、こんなに嬉しいことはありません。本当にありがとうございました！

クレイン

蜜猫文庫をお買い上げいただきありがとうございます。
この作品を読んでのご意見・ご感想をお聞かせください。
あて先は下記の通りです。

〒102-0072　東京都千代田区飯田橋 2-7-3
(株)竹書房　蜜猫文庫編集部
クレイン先生 / すがはらりゅう先生

仔猫な花嫁は我慢しない
～公爵閣下の溺愛教育～

2020年2月29日　初版第1刷発行

著　者　クレイン　ⒸCRANE 2020

発行者　後藤明信

発行所　株式会社竹書房
〒102-0072 東京都千代田区飯田橋 2-7-3
電話　03(3264)1576(代表)
03(3234)6245(編集部)

デザイン　antenna

印刷所　中央精版印刷株式会社

Printed in JAPAN
ISBN978-4-8019-2179-5　C0193